进入宝库　品读经典　趣味无穷

幽默儿童文学经典书系

一眼人和两眼人

［苏联］阿·苏霍姆林斯基等 著　　韦苇 译编

海燕出版社
·郑州·

图书在版编目（CIP）数据

一眼人和两眼人/（苏）阿·苏霍姆林斯基等著；韦苇译编.— 郑州：海燕出版社，2021.5
（幽默儿童文学经典书系）
ISBN 978-7-5350-8532-0

Ⅰ.①一… Ⅱ.①阿… ②韦… Ⅲ.①儿童文学-作品综合集-世界 Ⅳ.①I18

中国版本图书馆CIP数据核字（2021）第061638号

一眼人和两眼人
YIYANREN HE LIANGYANREN

出 版 人：董中山	责任校对：李培勇　王小瑾
选题策划：肖定丽	责任印制：邢宏洲
责任编辑：陈艳艳　肖定丽	装帧设计：雨　嘉
美术编辑：彭宏宇　郭佳睿	

出版发行：海燕出版社
　　　　　地址：郑州市郑东新区祥盛街27号　邮编：450016
　　　　　网址：www.haiyan.com
　　　　　发行部：0371-65734522　总编室：0371-63932972
经销：全国新华书店
印刷：河南瑞之光印刷股份有限公司
开本：640毫米×960毫米　1/16
印张：12.5
字数：250千字
版次：2021年5月第1版
印次：2021年5月第1次印刷
定价：20.00元

如发现印装质量问题，影响阅读，请与我社发行部联系调换。

播撒快乐，播撒意味，播撒感动

韦 苇

别的事我做不了，为孩子们挑选好故事、好作品、好读物，让他们在课外有经典文字可以阅读和欣赏，这事我还能做做。

我的业务就是做这个事。我在大学课堂上讲的就是这方面的话题，就是告诉我的学生们怎样用文学经典去感染孩子，陶冶孩子，震撼孩子，影响孩子，把好故事的感动和意味长久地留在孩子们的心中，仿佛把会开花结果的种子播撒在黑油油的沃壤中。选择作品，曾有前人提出过四项要则：染情、添趣、益智、导思。我遵循的就是这四项要则。这四项要则说得形象一点,就是播撒快乐,播撒意味,播撒感动。

既然这套书已然同幽默产生了瓜葛,我就得来说说幽默。

幽默是一个外来的音译词,为内心喜好戏谑、嘲弄、讥诮之类的意思。中国人对这个外来词的领会和理解同外国人的领会和理解大体一致,虽然不能说完全一致。差别在于欧美两大洲人认为真正的幽默来自对生活中缺陷的概括和严肃的思考,而中国人则以为它主要是一种对喜剧性意趣的表达、别致的诙谐暗示和思想传递的意味深长,有时抑或是一种不会构成伤害的讽刺。幽默是一种文艺风格、文艺韵调。在儿童文学里,幽默则是运用得更广泛的高层次艺术构思方式和人物刻画方式,它在故事人物言行举止的细节里、词语句式里含蓄地表达出来,呈现出来。它和油滑、搞笑似乎只有一墙之隔。实际上,油滑和搞笑与幽默意趣的差别无异于云泥霄壤。幽默的底蕴是正气的凛然、胸襟的豁达和灵智的丰盈。它不啻是一种天赋素养。它常常属于那些通达、豁亮、阳光、海涵、机智、聪颖的人,属于分寸拿捏深有内在尺度的人。如果说把从人家牙慧中撷拾得来的脑筋急转弯之类编进和嵌入自己的小说里就算幽默,那就是作者带上读者一起误解幽默了。

这套书共六本,六本书的书名已经不同程度地透出一点儿幽默的趣味:《127岁的小魔女》《云端掉下一只鸡》《一眼人和两眼人》《三个奇妙的蛋》《老狐狸变鸭》《神秘的木箱》。其中有些篇章也透出很多幽默的意味,很有悬念——你看到那些篇章,就会产生想要翻读它们的欲望——一种类似想进入宝库的欲望,类似想进入迷人胜景的欲望,类似想进入世界文学博物馆的欲望。你很想猜测出它们都说些什么,但是你决然猜不出它们给你说些什么。你不会想到,当右鞋绊了左鞋的时候,医生的治疗方案是把右脚砍掉……外公能听懂蚯蚓说话,外孙女就青出于蓝而胜于蓝地能听懂鱼说话,而且听出了鱼的真话,而外公和外孙女都是一本正经地听……狗主向狗客吹牛说墙上挂着的鞭子是狗为人备下的,狗客于是随狗主上了人床。人床的这份舒坦加上温暖阳光的舒坦,使得狗主和狗客舒坦得睡着了,人在这时下班回家……狐狸梦里都想着鸡,而如果去安装了四条高高的带硬蹄的驼鹿的长腿,可还怎么轻巧地去偷鸡呢……叫"黑桃皇后"的竟是一只母鸡,它为监护它的鸭养子而让凶猛的猎犬都退避三舍,个中的母禽之爱发人深省……刽子手砍人脑袋还大有讲究,不砍戴帽子的脑袋,偏偏脑袋上的帽子是摘了又会自动长出来的,出奇的是脑袋和帽子偏偏是须臾不可分离的。往往是,作品蕴含幽默,人物和故事就特别有嚼头、有念想,幽默得精彩,读后想起它,独自一个人走路时,会不由得扑哧一声笑出来,傻傻的。

  难以写好的是篇后的"黑猫说文",真的很难。我只是力求写得不僵硬、不呆板,力求点出些作品的趣和味来。

    2020年仲夏时节于丽泽花园

目　录

变成什么好	001
广场上的小提琴手	007
有裂缝的水罐	013
黑眼大红鱼	016
小田鼠费德瑞克	020
决心到海滨旅行的小老鼠	025
年轻的公鸡	028
蟹儿出海	031
胆小鬼	034
轮子变鸟窝	037
绳子	039
便鞋	041
草人的帽子	043

毛毛虫	045
三个合住一棵树	047
想咕哒叫的小鸡	050
狐鹿换工记	053
两只小青蛙	057
石头	060
狐狸和老鼠	063
狐鹿换腿记	065
莫沙遇到一百头狼	070
瞎眼国王	075
醉兔	084
一根灰羽毛变成五只大母鸡	087
达·芬奇寓言故事	090
猎鹰和公鸡	135
一眼人和两眼人	137
猫头鹰怎样学唱歌	141
蜘蛛的细腰	146
大富翁和鞋匠	149
鹰和鸡	155
蓝鹭小姐丢脑袋的故事	157
独眼鸟	165

变成什么好

[美国] 杰克·肯特

魔法师的家里有好多好多神奇变身水，都装在小瓶子里，谁不想做自己，要变成什么，比如变成一头猪，甚至变成一只恐龙，全行。

每一个小瓶外壁上都贴着纸片，写着这瓶变身水喝了可以变成什么。但是魔法师是整个乌有镇最忙的大忙人，他家里的变身水小瓶子放得七零八乱，找一瓶需要的变身水得花上好几个小时。他自己也觉得这样太费事了，他得把所有的小瓶子都整理整理，让自己一眼看过去，就能把想找的药水找到。

"这瓶变身水是变什么的呢？"魔法师从地上捡起一个小瓶子，一看没贴纸片，连他自己也不知道这水喝了是变什么的了。

就在这时候，魔法师忽然听到有谁叩他的门。

"今天太忙，不开门！"魔法师生气地说。

叩门声还在咚咚响个不停。

魔法师把门打开一条缝，一见是只小老鼠，就说："走开，你没看见我正忙着？"

"我要买一瓶神奇变身水。"小老鼠说，"我不想做老鼠了。没人喜欢老鼠。人们养猫来吃我们，装捕鼠器来捉我们，用电来电我们，拿扫把来追打我们。当老鼠一点也不快活。我想变成别的东西。"

"你想变成什么呢？"魔法师问。

"我还没有想好！"小老鼠说，"我来看看你这里都有些什么神奇变身水，都看一看，我就能拿定主意了。"

"那等我整理好了，你再来看。"魔法师说。

"我一天也不能等了。"小老鼠说。

"那就给你这一瓶吧！"魔法师把手上拿着的那瓶神奇变身水递给了小老鼠，"拿着，就算我送你的吧，不要钱了。"

"这瓶上可没说是变什么的呀！"小老鼠接着问，"我会变成什么呢？"

"你不是要变成别的东西吗？"魔法师说，"你喝了它就能变成别的东西了。"说完，他就把小老鼠推出门去，砰一声把门关上了。

小老鼠回到家，拿着瓶子直发愣——他在猜想自己会变成什么呢。

也许是变成一只蝴蝶。蝴蝶倒是很漂亮，但是蝴蝶都活不长久。他不想变成蝴蝶。要想活得长久，最好变成乌龟。但是乌龟走路太慢，他不希望自己变成乌龟。

要想走路快,他得变成蜜蜂。但是蜜蜂一天到晚飞来飞去,得这里那里采花蜜,太辛苦,太劳碌,太累人。老鼠是不喜欢干活的。

变成蚂蚁怎么样?变成蚂蚁要遭人踩。

变成鸟儿吧。鸟儿整天玩玩,唱唱。可当他想到鸟儿吃虫子,他就哇哇地呕吐起来。

"变成一头大象,倒是挺不错的。"小老鼠想。但他又想,大象走不进他的鼠洞。他喜欢他那个鼠洞,那里很安全。老鼠不希望自己变成大象。

他想来想去,想不出变成什么好。

"当老鼠是不太好。"他想,"不过我至少知道老鼠该怎么当。当别的东西,说不定更糟呢!"

小老鼠把那瓶神奇变身水拿去还给了魔法师。

"你变了?"魔法师问。

"我想我是变了,"小老鼠说,"我变得快活了。"

魔法师一听,高兴得不得了。

"瞧这神奇水还真够神的,"小老鼠说,"不但能把我变快活,还能把咱们两个都变快活。"

等小老鼠一走,魔法师就立即将魔法变身水瓶子上的标签一张一张统统撕去。不知道会变出什么来的魔法变身水,将给世界带来更多的快乐。

黑猫说文

杰克·肯特是一位图画故事作家,传到国外的童话故事图画书已有多种。

这个故事蕴蓄着很深广的思想。魔法师装变身水的小瓶子很多,他想把这些瓶子整齐地摆放在架子上。不知怎么的,标签脱落了一张。这瓶魔法变身水被免费送给了小老鼠。小老鼠就对这瓶没有标签的魔法变身水做了各种想象。最后小老鼠虽然什么也没有变,而变的效果却已经有了:无论做什么,天性能得到舒展,才会过得快活——老鼠只有做老鼠才会是最快活的。魔法师也一下明白过来,他把原来贴在瓶壁上的所有标签统统撕掉。这个结尾很耐人寻味。说哲学很深奥,其实这个故事里说的,已经是一个大家都需要来思索的哲学话题了。

　　说说看,小老鼠曾经想变成什么,最后为什么不想变了?

广场上的小提琴手

［格鲁吉亚］贝特里亚什维利

这事虽然发生在很久以前，但确实是发生过的。在一座不大的城市里，住着一个小提琴手。他天天练琴，一天到晚站在窗前，拉呀拉个不停。他觉得自己拉琴已经拉得不错了，就到市中心广场上去，拉给大家听。傍晚，他穿上外出表演时才穿的燕尾服，来到市中心广场，对着市民们大声说：

"哎，乡亲们、朋友们！我给大家演奏小提琴，请都来欣赏我的琴声吧！"

他演奏得非常认真。可是他的琴声始终没能打动听众，人们总是站下来听一会儿，就悄悄走开了。他的琴声为什么不能吸引住听众呢？他不知道该怎么做，十分苦恼。他每天都抱着希望到广场去，却每天都带着失望离开广场。

　　一天，小提琴手忽然开了窍：莫不是我这把小提琴不好吧？我得做一把更好些的小提琴。于是他走进了森林。森林里有这么多的树，他一定能找到理想的小提琴木料的。咚咚咚，他走近这棵树用指头叩叩；啪啪啪，他走近那棵树用巴掌拍拍。叩着，听着；听着，拍着……但是所有的树发出的声音几乎没有什么不同。他失望了，他没能找到他心中所希望的那种能够帮助他在小提琴演奏上创造奇迹的木料，能吸引成千市民听他演奏的树。他背靠着一棵树，仰天连声叹息，自语道：

　　"唉！难道我这一生就这样，永远不能以我的琴声打动世人的心吗？"

　　就在这时，他看见林中空地上，哧溜落下一只小鸟来。不用说，这只小鸟是受伤了。他急忙走过去，轻柔地把受伤的小鸟捧在手心里，说：

　　"小鸟，你怎么啦？"

　　"我的一只翅膀给山猫咬伤了，我再也不能在空中飞了!"小鸟说着,伤心地哭了起来。

小提琴手把小鸟揣进怀里,说:

"别难过,我这就把你带回家去,帮你治好伤,让你重新飞起来,重新在蓝天自由飞翔!"说完,他就转身向城里走去。

回到家里,小提琴手马上给小鸟受伤的翅膀敷药,让它住在鸟笼里,细心地照料它,给它喂食,给它喝水。他把全部心思都倾注在了小鸟身上,竟连练琴的事都忘记了,当然更没有到广场上去演奏。

小鸟的伤渐渐好转了,已经会为他歌唱了。但小鸟的伤还需要再上药治疗,才能痊愈。但是给小鸟治伤的药用完了,小提琴手得到药店里去买药。他把鸟笼挂在窗口,然后关门出去买药。

小提琴手的一个邻居是个闲游浪荡、好吃懒做的家伙。他从窗口看见小提琴手家的笼子里有只小鸟,眼珠转了几转,立刻就生出了一个坏主意:"嗨,我将这小鸟捉来,用油一炸,拿来下酒,一定很香很香的!"他想着炸得脆生生的小鸟,想着味道的鲜美,不觉满嘴生津了。

懒馋鬼说干就干。他把手伸进了小提琴手家的窗户里，打开鸟笼，偷走了小鸟。

小提琴手给小鸟买了药回来，一进门就看挂在窗口的鸟笼，他立刻傻眼了！鸟笼空空的，笼门却开着。他知道这鸟是被人偷走了。

他牵挂小鸟的伤，他担心小鸟的安全，不由得焦急万分。他四处去寻找他的小鸟，跑遍了全城，见人就打听：

"先生，你见过一只受伤的小鸟吗？"

小提琴手没有打听到小鸟的下落，他神情沮丧地回到自己家中。这时，那个懒馋鬼心里暗暗耻笑小提琴手，说："啊呀呀，这个傻瓜蛋哪！"

这天夜里，小提琴手听不到小鸟

的歌唱,再也睡不安生了,于是便一边流泪,一边谱曲,把他对小鸟的思念统统谱进了他的乐曲里。

第二天傍晚,小提琴手把他新谱的曲子拿到中心广场去演奏。他细心调好弦,拉起琴来……他闭上眼睛,陶醉在自己的想象里,他仿佛看见小鸟在蓝天中展翅飞翔,越飞越高。拉呀,拉呀,不知拉了多久,他感觉自己有点儿累了。他睁开眼睛,啊,他都看到了什么?他看到很多人围聚在他的四周,人们还在向广场拥来。

"啊,年轻人,你的琴声太美了,把大伙儿的心都深深打动了!"人群中一位年长的人对他说。

小提琴手带着欣慰的笑容,感谢大家来欣赏他的琴声。他这时恍然明白,只有打心底涌流出来的强烈感情,才是音乐的真正生命啊!

从此,小提琴手天天傍晚都到广场上来给大家演奏,用自己美妙动人的旋律燃起人们感情的火焰。

后来,一场反侵略战争在格鲁吉亚大地上展开。这时,全城的年轻人就唱着这位小提琴手谱写的歌曲,雄赳赳气昂昂地大踏步走上前线，同敌人进行血战，打败了敌人。还有一次，强台风袭击这座小城，全城人民唱着小提琴手谱写的歌曲，万众一心，共渡难关，重建了自己的家园。

小提琴手把自己的一生都献给了这座小城市，把自己的生命融入了这座城市的人民之中，所以当他离开人世时，他还依然活在人们心中。人们在广场中央竖起了一尊他的铜像，永远纪念他。

黑猫说文

贝特里亚什维利的这个关于艺术家的故事，抒情又含蓄，深邃又丰赡，浪漫又清新。它启示人们：追求艺术上的成功，要从最根本的地方下功夫，感染人的艺术必然是发自心灵深处，从大自然得到启示，从生命本质获得灵感的。这里虽说的是艺术，但所有的事情，成功的道理都是相通的。

说说看，小提琴手的成功为什么和小鸟的歌唱有关系？

有裂缝的水罐

印度故事

印度有一个人,住在山坡上,家里用的水得到山坡下一条小溪边去挑上来。天天挑,习惯了也不觉得太吃力。印度人挑水用两个瓦罐,有一个买来时就有一条裂缝,而另一个完好无损。完好的水罐总能把水从小溪边满满地运到家,而那个破损的水罐挑到家里时,水就只剩下半罐了,另外半罐都漏在路上了。因此,他每次挑水挑到家都只有一罐半。这样一天天过去,过了两年。

那个完好的水罐不禁为自己的成就,更为自己的完美感到骄傲。但那个可怜的有裂缝的水罐,则因为自己天生的裂缝而感到十分惭愧,心里一直很难过。

两年后的一天,有裂缝的水罐在小溪边对用它挑水的印度人说:"我为自己感到惭愧,我总觉得对不起你。"

"你为什么感到惭愧?"挑水人问。

"过去两年中,在你挑水回家的路上,水从我的裂缝渗出,我只能运半罐水到你家里。你花去了挑两罐水的气力,却没有得到你应得的两满罐水,没有得到你应得的回报。"水罐回答说。

挑水人听水罐这样说,心里很难过,他同情地对它说:"在我回家的路上,我希望你留神看看小路旁边那些美丽的花儿。"

当他们上山坡时,那个破水罐看见太阳正照着小路旁边美丽的鲜花,这美好的景象使它感到快慰。但到了小路的尽头,它仍然感到伤心,因为它又漏掉了一半的水。于是它再次向用他挑水的人道歉,但是挑水人却说:

"难道你没有注意到,刚才那些美丽的花儿只长在你这一边,并没有长在另一个水罐那边?那是因为我早已知道你有裂缝,我是在利用你的裂缝。我在你这边撒下了花种,每天我们从小溪边回来的时候,从你的裂缝中渗出的水就浇灌了花苗。这山上的小路很多,却不见有第二条小路像我们这条小路这样,有一边是开满了鲜花的,不是吗?"

黑猫说文

一个瓦罐有裂缝,漏水了。想不到这个天天用瓦罐挑水的印度人,竟利用裂缝漏的水来浇灌山路一侧的鲜花!有缺陷的东西竟被一个有心人营造出了这么一番令人神往的美丽,这番情景在会写文章的人手中竟被描绘成了这么一个动人又隽永的故事,读来像那浇花的溪水,点点滴滴润泽着我们的心灵。

如果你也学着这个印度人这样对待生活,那么你想为我们的世界做点什么呢?

黑眼大红鱼

[美国] 雷奥·黎昂尼

大海的一个小角落里，生活着一群快乐的小鱼。他们全都是红色的，不过当中有一条小鱼是黑色的，也就这么一条是黑色的，大家都叫他"小黑"。小黑游得比所有的鱼兄弟鱼姊妹都快。

那是一个小红鱼们很不幸的日子。那天，从汹涌的浪涛中冲出一条大虎头鲨。这种鲨鱼本来就很凶很恶，这会儿他肚子正饿，他饿着肚子也能游得很快。他在小红鱼群的后头悄悄地游着，一口一口又一口，把所有的小红鱼都吞到自己肚子里了，一群小红鱼就这样没有了，可同小红鱼一样小的小黑却逃开了。

深水里是黑乎乎的。小黑刺溜一下蹿进了深水里，虎头鲨就再也看不见他了，他逃掉了。他又害怕，又寂寞，又难过。

可是大海里到处都有奇妙的生物。小黑游啊游啊，碰见了各种稀奇古怪的生物，所以，他又高兴起来了。

他看见了像彩虹果冻一般的水母，看见了走起路来像怪兽似的大龙虾，看见了像是被看不见的线牵着游的怪怪鱼，看见了像糖果一样漂亮的岩石上长着的森林似的海草，看见了长得几乎不知道自己尾巴在哪儿的长长、长长的鳗鱼，还有海葵，就像是粉红色的棕榈树在风中轻轻摇动。后来他在岩石和海草的黑影子里看到一群小鱼，就是被虎头鲨吞吃掉的那种小红鱼。

"来，咱们一道游出去，到处玩玩，到处看看！"他高兴地说。

"不行啊，"小红鱼们说，"我们个儿瘦小，游得又慢，许多像我们这样的鱼都被吃掉了，我们也会被吃掉的！"

"可是，你们不能老待在这里啊！"小黑说，"咱们一块儿来想个法子，叫大鱼怕我们。"

小黑想啊想，想啊想。

突然，他说："有了！"

"我们可以游在一块儿，"他接着说，"变成海里最大的鱼！让所有的大鱼、恶鱼见了咱们都害怕！"

他教他们个儿挨个儿，密密地游在一起，等到大家都熟练了，能游得像一条大鱼了，他说："我来当眼睛。"

于是，他们在清凉的早晨游，也在充满阳光的中午游。大鱼一见，弄不清这是什么鱼，通身红红的，这么大——这家伙一定很厉害吧！于是，大鱼就都纷纷逃开了。

黑猫说文

雷奥·黎昂尼是图画书创作家，他的图画故事想象丰富、奇特、诗意葱茏、新颖别致、余味无穷、历久弥新，显示着强大和不朽的艺术生命力。

这篇童话赞美助人为乐的高尚品格，它更鼓励弱小群体在强大的敌人面前不要畏缩、不要气馁；大家结成一个团队，同心协力，以团队的形象和伟力，迫使貌似强大的敌人感到自己的渺小,从而纷纷败走。小小的弱势鱼群就这样创造了一个奇迹,一个求生的奇迹。

说说看,通身红红的"大鱼",眼睛是什么颜色的?

小田鼠费德瑞克

[美国] 雷奥·黎昂尼

这是一片大草原,牛儿在这里吃草,马儿在这里奔跑。这里有一个谷仓,离谷仓不远,有一堵古老的石墙,石墙里住着一窝小田鼠,一天吱吱、吱吱叫个不停。

农庄里的主人搬走了,谷仓也就废弃了,里面空空的,什么也没有。

冬天渐渐来临,田鼠们开始忙着收集玉米、麦穗、硬壳果等过冬的食粮,干草他们也收集。

他们白天忙,夜里还接着忙。他们谁也不闲着。可费德瑞克却不跟兄弟姐妹一块儿忙。

大家只见费德瑞克在忙,谁也不知道他都在忙些啥。

"费德瑞克,你咋不干活?"

"我在干活呀,"费德瑞克说,"我在为寒冷、阴暗的冬天收集阳光。"

当他们看见费德瑞克一动不动地坐在那里,凝视着辽阔的草原,又问:"那现在呢,费德瑞克,现在你在干什么?"

"我在收集颜色,"费德瑞克简单地回答说,"冬天总是灰蒙蒙的。"

有一天,费德瑞克看起来像是快睡着了。

"费德瑞克,你在做白日梦啊?"他们责怪地问他。

"哦,不!"费德瑞克说,"我正在收集词儿,冬天的日子又多又长,我们一定会找不到话说的。"

冬天来了。

当第一场雪纷纷扬扬向大地飘落

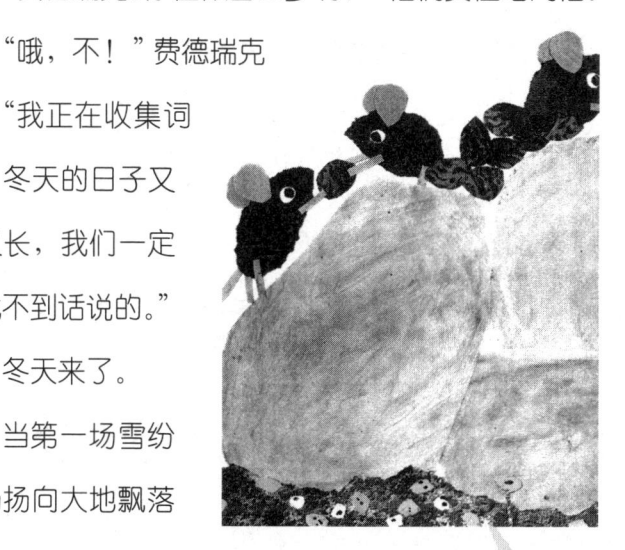

的时候，五只田鼠躲进了石墙的缝隙里。

开始，他们有很多东西可以吃，还有许多笨狐狸和傻傻猫的故事可以讲，大家听着都很开心。但是，随着时间一日一日地推移，大部分的硬壳果都已啃光，玉米和麦穗更成了大家美好的回忆。干草也没有了。

石墙缝里阴冷得不行。谁也不想开口说话了。

到这时候，他们想起了他们的费德瑞克。费德瑞克说过他收集了阳光、颜色和词儿的。

"费德瑞克啊，你收集的那些东西呢？这会儿给大家伙儿亮亮吧！"大家对费德瑞克说。

"闭上你们的眼睛。"费德瑞克一边说，一边爬上一块大石头。

"现在我把我收集的太阳的光洒给你们，你们是不是也感觉到那金色的阳光……"

当费德瑞克说到太阳的时候，四只小田鼠感觉暖和多了。

那是他们的兄弟费德瑞克的声音吗？还是费德瑞克在施魔法？

"那么颜色呢,费德瑞克?"小田鼠们焦急地问。

"再闭上你们的眼睛。"费德瑞克说。

费德瑞克说起蓝色的长春花,金黄麦田里开着的红罂粟花儿和莓果树丛里的绿叶,蓬蓬勃勃,繁茂异常。

费德瑞克说着,缤纷的色彩清楚地展现在田鼠们的面前,仿佛有人将它们涂抹在心头似的。

"词儿呢,费德瑞克?"

费德瑞克清了清嗓子,停了一会儿,然后,似乎他正站在华灯映照的舞台上,给大家朗诵了他作的一首诗:

我们有一只春田鼠,

春田鼠来把雨水洒满草原;

我们有一只夏田鼠,

夏田鼠来把花儿描出芬芳;

我们有一只秋田鼠,

秋田鼠给我们带来干果和冬粮;

我们有一只冬田鼠,

冬田鼠的小脚冰冰凉。

我们多么幸运啊,

一年四季我们都乐洋洋!

费德瑞克朗诵完毕,四只小田鼠拍着手一个劲儿地喝彩,他们说:"费德瑞克,你原来是个诗人啊!"

费德瑞克脸红了,他向大家深深鞠了一躬,羞答答地说:"我知道。"

黑猫说文

这篇童话表达的思想很重要:有少数人跟多数人不一样(看法、思路、行为不一样),在一个社会里这完全是正常的,并且不一样才是正常的,多一种意见就是多一条思路。"多数"有时会造成"多数暴力",从而酿成祸害,造成严重恶果,中国和外国都有这样的严重而惨痛的教训。这个故事勉励人们对独立于群体的同类,要有宽容的心态,要有开阔的胸襟,要有气量、有雅量,让独立于群体的人也有为社会贡献才智的机会和可能。

说说看,什么时候才能看出费德瑞克是不应当受责备的?

决心到海滨旅行的小老鼠

[美国] 阿诺德·洛贝尔

有一只小老鼠告诉他的父母,说他要到海滨去旅行。

"你心里有这个念头,太可怕了!"小老鼠的父母几乎不敢相信自己的耳朵了,"世界上到处隐伏着不幸,你可万万去不得啊!"

"我已经拿定主意了,"小老鼠毫不动摇他的决心,"我从来没有看到过大海,我早就该上海滨去看看了。谁也动摇不了我的决心!"

"既然我们没有办法阻止你荒唐的想法,"父母说,"那么,就希望你一路自己多加小心了!"

第二天,东方才升起第一缕霞光,小老鼠就碰到了危险——

一只猫从树丛后面跳出来。

"我要吃掉你！"

还好，旁边有一条只够老鼠跑的小路，他逃走了，而猫没有办法追他。但他感到他好像已经有一截尾巴留在猫嘴里了。

下午，小老鼠受到了老鹰和狗的袭击，被咬得浑身是血，疼痛不已。有好几次他被追赶得迷了路。一路上，他经受了各种各样的惊吓，疲乏极了。

傍晚，小老鼠慢慢爬上最后一座小山。大海，哦，大海一下展现在他眼前。海浪一排接一排滚向海滩。这时晚霞正映红西边的天空，天空下的大海金光闪耀。

"多好看啊！"小老鼠赞叹道，"我多么希望爸爸妈妈跟我一起来，这样，他们也就能和我一起在这里看这绚烂壮观的大海了！"

晚霞消隐了，月亮和星星浮现在大海上。小老鼠静静地坐在山巅之上，深深沉浸在悠然的宁静和满足中。

黑猫说文

阿诺德·洛贝尔的小型故事,每一篇都蕴含诗意和幽默,受到世界广大读者的一致青睐。

从风险和挫折中所获得的历练,对于一个孩子的成长、意志的磨炼、坚强性格的形成,都是不可或缺的一环、不可省略的一课。它的重要性在于:没有历练,没有磨砺,成事就无从谈起。

说说看,小老鼠到达海滨后,它看到了什么?

年轻的公鸡

[美国] 阿诺德·洛贝尔

公鸡父亲感觉自己的生命走到了尽头，就对守候在身边的年轻公鸡说："孩子，我在世的时间不会多了。往后，每天早晨呼唤太阳的重任，得由你担当起来了。"

年轻的公鸡心中充满哀伤，他眼看着父亲徐徐合上了眼。

第二天一大早，年轻的公鸡就飞到谷仓顶上，高高挺立在那儿，脸向着东方。

"我必须让自己发出最大的声音。"他说着，便抬头喔喔啼鸣。

然而，从他喉咙里发出来的是一种缺乏力量的嘎嘎声，而且不是连贯的。

太阳没有升起来，东方天空上依旧遮蔽着乌云，毛毛细雨依旧下个不停。畜牧场上的动物们都来责怪年轻的公鸡。

"这下可糟了！"猪叫嚷着说。

"我们需要阳光！"羊咩咩地说。

"公鸡，你得叫得再大声些！"牛说，"太阳离我们有 14960 万千米呢，你叫的声音那么小，它能听见吗？"

接着一天早上，年轻的公鸡又早早起来，飞上谷仓顶。他深深吸进一口气，伸长脖子，放开喉咙大声啼鸣。这次发出的声音洪亮多了，并且显得很有力量，是他开始学啼鸣以来所从来没有过的。

"这是什么声音？"猪问。

"我的耳朵似乎都被震聋了！"羊说。

"我的脑袋都被震得快要炸了！"牛说。

"很抱歉，"年轻的公鸡说，"但是，我这是在尽自己的职责。"

他很努力,却遭了别人的埋怨,心里感到莫大的委屈,甚至觉得这是一种对他心灵的伤害。不过,他的努力没有白费,他终于看见,在他面对的远方地平线上,一轮红日正从丛林后面冉冉升起。

黑猫说文

年轻的公鸡舍得努力舍得付出,它一步一步去接近成功。大家误解他,大家责怪他,大家埋怨他,他全不在意,最后,终于为大家唤来了绚烂的红日。

年轻的公鸡尽职地把太阳叫起来,在它尽责过程中受到了哪些委屈?

蟹儿出海

[美国] 阿诺德·洛贝尔

这天天气很坏,大海上风高浪急,可蟹儿依旧如往日一样在海滩上散步。他忽然惊讶地发现龙虾要在这时候出海去。

"龙虾!"蟹儿喊道,"天气这样恶劣,你还要出海,这可是太冒失了呀!"

"或许是吧,"龙虾说,"但是我爱风暴中的大海。"

"让我陪你一同去吧,"蟹儿说,"我不愿意让你独自去冒这大险。"

龙虾和蟹儿下了海。不久,他们就远离了海岸。他们的小船被汹涌的波涛拍击着,一下被抛上浪峰,一下又被摔进浪谷。

"蟹儿,"龙虾在怒吼的狂风中说,"这咸涩的海水溅湿了我的全身,这轰轰作响的浪涛打得我透不过气来,可我心里觉着兴奋。"

"龙虾!我想咱们的船要沉没了!"蟹儿叫道。

"是的,小船是要沉没了。"龙虾说,"这只船太破旧了。朋友,鼓起勇气来!记住!"

小船终于倾覆,下沉了。

"我太害怕了!"蟹儿叫道。

"咱们下海去吧!"龙虾大叫一声,就纵身一跳,跃入了大海的滚滚波涛中,直往下沉。

蟹儿也摇摇摆摆地往下沉。龙虾接住他,让他不那么紧张,然后带着他在海底走来走去。

"咱们可够勇敢的!"龙虾说,"这真是一场惊险的行动啊!但咱们都经历过了!"

蟹儿也觉得很有意思,感受到了历险的快活。这是他有生以来最不平凡的一天。

黑猫说文

历险的快乐,是畏惧风浪的人永远体会不到的。龙虾勇敢，他从容沉着地接受惊险的挑战——沉落海底。这海底世界的美丽，也是怯懦、胆小者所欣赏不到的。

说一说，当破旧的小船在险风恶浪中飘摇的时候，龙虾怎么想？

胆 小 鬼

[苏联] 班合莱耶夫

这是发生在克里米亚的一段故事。

一个从外地来的小男孩到海滨去钓鱼。那里,海岸都很高,又陡又滑。小男孩往下走时,眼往底下一打量,不好,下面有许多尖尖的石头,他心里害怕极了。可是这会儿不好办了,上也不是,下也不是,他伸手抓住一棵刺蓬,蹲下身来,吓得连气都不敢喘了。

这时,下面有个渔民正和他的女儿在小船上撒网捕鱼。小姑娘看到了小男孩害怕的样子,她笑了,用手指着,让她爸爸看那小男孩害怕的样子。

小男孩不好意思,可他还是不敢下来,就装出热得难受的样子,摘下鸭舌帽,对着自己的脸扇了起来。

忽然,刮来一阵海风,呼一下把男孩手中的钓竿刮到了下面。男孩子舍不得他的钓竿，几次想下去捡，但都没敢下去。这一切，小姑娘看得一清二楚，她告诉她的爸爸，她爸爸抬头望了一眼，对她说了几句话。

小姑娘一下跳进水里，哗啦哗啦大步走到岸边，捡起钓竿就径直往自己的小船走去。

男孩子一气一急，就不顾一切连滚带爬地下了陡坡。

"哎，还我，这是我的钓鱼竿。"男孩一把抓住小姑娘的手，叫嚷着。

"给，拿去吧！"小姑娘说，"我不要你的钓鱼竿。我是故意把它捡来，让你发急，好爬下来的。"

男孩奇怪地问："你怎么知道我会爬下来？"

"这是我爸爸对我说的。他说，一个人，要是他是个胆小鬼，那么，他也准是个小气鬼！"

黑猫说文

班台莱耶夫以小说《表》闻名于世，中文译文最早由鲁迅翻译。他的小说都是从自己的生活中取材，都有自传性质，特别富于现实主义的文学力量,特别容易打动人心。

　　这个从生活中得来的真实故事,写小姑娘机智地帮了男孩。她看准了胆小鬼和小气鬼之间内在的、必然的联系,她运用的是爸爸的话。作家在这个故事里向我们提供了一个观察人的经验。

　　试着把小姑娘救男孩的办法说出来。

轮子变鸟窝

[苏联] 巴鲁兹金

一只轮子歪倒在路边。

一辆汽车驰来了。

轮子以为汽车准会把它捡了带上的,然而汽车甚至不细瞅它一眼,只管呜呜开走了。汽车轮子得有四个才行,一个轮子对它没有用处,轮子这样想。

大路上走来一个男孩。他背着书包放学回家哩。轮子想,唉,他根本就不会需要我的。不过轮子还是试着问了一句:"喂,你不把我带上吗?"

"带上你?"男孩说,"好吧,我就带上你吧!"

他把轮子推上了大路,一路滚回到自己的家旁边。他拽着车轮,费了老大劲,总算搁到了屋顶上。几只鹳鸟欢快地叫着,衔来了些干草。于是,过不多时,轮子变成了一个大鸟窝。

第二年春天,鹳鸟又孵出了好多小鹳鸟。这下,全村都听见了男孩家屋顶上鹳鸟们欢快的叫声。

黑猫说文

巴鲁兹金是一位很有影响力的小说作家和文学活动家,他取材于现实生活的小说深沉有力,简洁含蓄,感染力强。

美的创造需要我们处处留神和用心,并不是华贵和奢艳就好。你看,带回家一个轮子,也就带回家了一片鹳鸟欢快的鸣叫声。

说说看,带回家的一个轮子是怎么变成一个鸟窝的?

绳　子

[苏联] 巴鲁兹金

谁都知道，一根绳子有两个头。可是万万想不到竟发生了这样的事：绳子的一头跟绳子的另一头争吵起来了。它们决定，从今而后各找各的地方过去。过了许多日子，连它们自己也忘了争吵的事了。

这时，走来一个人，他拿起绳子的一头。"短了。"他说。

接着又在另外一处捡起另一头。

"这也短了。"他说。

这断成两截的绳子，本来是绳子的两头，它们都感到委屈，说：

"难道我们就一点用处也没有了吗？"

这个人把两截绳子打上个结，重新又系在了一起。

"现在就能派上用场了。"他说。

他用绳子捆起了一摞书。

这时绳子的两头才明白,在一起生活比各自生活要好得多。

"现在看来,咱们再不能争争吵吵的了。"两个绳头不约而同地说。

从此,它们相处得和和睦睦的,时时处处都很融洽。

黑猫说文

争吵、疏离,使本来有用的变成了没有用的了。当两截绳子系在一起的时候,就能捆住一摞书。这不,提着书比抱着书可要省力多了。

说说看,这个故事中,绳子捆的是书,捆书比捆别的东西更有意思,是吗?

便　　鞋

[苏联] 巴鲁兹金

一双便鞋，很好看的，它们为女主人服务了许多年，旧了，破了。

"我只好把你们扔掉了。"鞋子的女主人说。

"别扔掉我们！"便鞋请求说。

"你们能做什么呢？你们已经补过几次了，再说，如今也不流行你们这种款式了。"

女主人抬手一甩，把它们扔进了洼坑里。

一群乌鸦在洼坑上盘旋，它们又把便鞋给扔到了地上。

一只刺猬从这双鞋子旁经过，停了下来。

"太阳这么晒，你们在这里干吗呢？"乌鸦问鞋子。

"你看见的，我们被扔了。"便鞋可怜巴巴地说。

"好吧,那你们就跟我走吧!"刺猬说。

刺猬带着便鞋进了矮树林。那里有一只母刺猬正闲待着。

刺猬在便鞋里塞满了干树叶。

刺猬自己钻进了一只便鞋,让母刺猬在另一只鞋子里安顿下来。

"瞧,你们都有用了!"刺猬说。

黑猫说文

对人类失去使用价值的东西,对刺猬却是很有用的东西——只需往里面塞满干燥的树叶,破旧的鞋子就成了刺猬舒适、温暖的家。

说说看,刺猬捡走便鞋时,心里是怎么想的?

草人的帽子

[苏联] 巴鲁兹金

一个男孩来到了豌豆地里。那儿站着一个草人。鸟儿在草人身边乱飞,一点也不怕它。

"你怎么不吓唬吓唬这些鸟儿呀?"男孩问草人。

"怎么吓唬它们呀?它们压根儿就不怕我吓唬。"草人说。

男孩想了一阵,摘下了自己头上的鸭舌帽,戴到了草人头上,草人一下变得体面了起来。鸟儿立即往四面八方飞逃开去。

"原来是这么一回事,我缺少的只是这顶帽子啊!"草人说。

草人露出心满意足的样子。

男孩也心满意足地说:

"那这顶帽子就送给你戴吧,反正,我家里还有几顶别的帽子呢!"

黑猫说文

这个故事有一种来自生活的轻淡幽默。故事里的草人还是那个草人,可扣上一顶好看的帽子,似乎就有了活气,从而让鸟儿望而生畏了。看来,外观本身可能也是一种力量。

说说看,为什么戴上鸭舌帽的草人就能吓跑鸟了呢?

毛毛虫

[苏联]巴鲁兹金

一条毛毛虫在叶子上爬。它一边爬，一边啃树叶，把树叶啃出了一个个的洞眼，跟筛子似的。

一只椋鸟飞过来，看见了它。

"你这是在做什么？"椋鸟问。

"我喜欢看见叶子上有一个一个的小洞眼。"毛毛虫回答说。

"为什么？"

"透过树叶上的这些小洞眼，雨点儿就能顺溜地落到地上。"

"可我喜欢没有洞眼的叶子，没有洞眼的叶子对我来说就是一把把的伞。"椋鸟说。

说着，它就伸嘴一口把毛毛虫吃掉了。

黑猫说文

　　毛毛虫把椋鸟当伞用的树叶啃出了许多小洞眼，还有它的说辞，这说辞听起来还很能让人粲然一笑。然而，这筛子般的树叶，下雨时椋鸟还怎么能当伞用呢？准是不能了。所以椋鸟生气了——当然要生气。

　　说说看，椋鸟为什么不跟毛毛虫啰唆下去了？

三个合住一棵树

[美国] 瓦茨

一只鹰、一只猫和一头猪住在树林里的一棵树上。鹰住在树顶,猫住在树身上的一个洞里,猪住在树根边上的一个大洞里。它们感到很高兴:三个合住一棵树!

鹰需要什么东西的时候,它就叫下面的猫;猫需要什么东西的时候,就叫下面的猪;猪需要什么东西的时候,就叫树上的猫和鹰。是啊,这样住着可真不错:三个合住一棵树!

一天早晨,猫想睡觉,可是办不到:鹰在树顶上飞进飞出,飞出飞进;猪在树下的房间里呼噜呼噜直打鼾。

"我怎么睡得着啊!"猫说。

猫爬上了树顶。

"喂，鹰！"猫说，"我看你进进出出，出出进进的，把猪给惹火啦。"

"猪生气的话，为什么自己不上来跟我说呢？"鹰说。

猫没回答，它已经爬下树去看猪了。

"什么事？"猪看见猫一脸不高兴的样子就问。

"鹰可讨厌你难听的鼾声了！"

"鹰讨厌我，为什么它自己不到这儿来跟我说呢？"

猫没有回答，它走进树林里去找吃的了。

鹰和猪听了猫的话很不高兴。鹰说："好吧，既然讨厌我，那我就走。"于是，它就飞到另一棵树上去了。猪想："既然嫌我，那我就走。"于是它走到另外一棵树那儿去了。

猫说："现在我可以睡觉了。"猫回到自己的屋子里。夜晚来了，它却睡不着，它觉得难受！

"黑夜里那些奇怪的声音是谁发出来的？我的朋

友鹰和猪现在在哪里？"猫想。它想念朋友，没有朋友跟它合住一棵树，真没有意思！

早晨，太阳一升起来，猫就从树上爬下来，跑进树林里去寻找它的朋友。

"鹰啊，猪说你的话是我编出来的。"猫说。

"猪啊，鹰说你的话是我编出来的。"猫说。

鹰和猪听了都大吃一惊。但是，它们都同意原谅猫。于是鹰和猪又回到了原来的树。

鹰回到了树顶，猫回到了树身上的洞里，猪回到树根边的大洞里。

三个合住一棵树，多么好！

黑猫说文

人的习惯各有不同，走到哪儿都是这样。过于挑剔的人，必然没有朋友，必然要受孤独的煎熬。故事里的猫还好，它坦诚地承认自己说了谎，于是鹰和猪又回到了猫的身边来了。

说说看，没有了鹰和猪的响动声，猫反而睡不着了，这是为什么？

想咕哒叫的小鸡

[爱沙尼亚] 艾诺·拉乌德

全院子的鸡都知道,一只毛茸茸的小黄鸡很想学母鸡妈妈咕哒咕哒叫。可她一开口,就总叫成叽叽叽的声音。

"为什么你很想这么叫呢?"母鸡妈妈想来想去,怎么也弄不明白。

"不为什么,就为咕哒咕哒呀,好听呀,有意思呀。"小东西叹了口气说,"我是不能像妈妈那样叫了,我是学不会了。"

不管小东西多努力,可就是发不出咕哒咕哒的声音。她只好细声嫩气地叽叽叽……

时间一天一天地过去,黄毛小鸡不知不觉长成了一只漂漂亮亮的白母鸡。谁都知道,母鸡是必须学会咕哒叫的。可是，咱们这只小母鸡直到现在还是叽呀叽呀地叫。

她感到太难受了，很生自己的气。她一急，一打哽，把母鸡都会的咯咯咯，也发成了咕——咕——咕——

老公鸡不止一次安慰她说："用不着苦恼。你能咕哒叫的日子总会到来的。要叫出真正的咕哒声，每只母鸡都有一个很重要的原因。无缘无故怎能叫出咕哒声来呢？所以你得有耐心。"

老公鸡的话并不能使她感到宽慰，她已经等了太多的日子，可总是不行，她都失去信心了。

有一天早上，这只母鸡下了个蛋，白生生的，光溜溜的，个儿还挺大，十分可爱。

她为了让全院的伙伴们都来分享她成功的喜悦，便大声叫起来："咕的、咕的、咕哒——"怎么搞的，她并没有要咕哒叫呀？她这才明白：要发出咕哒的叫声，只有在下了这样一个了不起的、白生生的、光溜溜的蛋之后才行。她高兴极了。

也许她是想叫别的母鸡都来看她下了这么大、这么漂亮的蛋吧,这下全院子都听到了她响亮而又充满自豪的声音:"咕的、咕的、咕哒——咕的、咕的、咕哒——咕的、咕的、咕哒——"

黑猫说文

艾诺·拉乌德的童话,首先是长篇童话《三个小矮人》,这篇童话在世界享有很高声誉,拉乌德因它而赢得安徒生国际图书协会所授予的荣誉奖。

小母鸡其实不用急,光急也没有用,到时候它自然就达成心愿了。需要等待,需要耐心,需要做出成功的事,做出让自己自豪、自喜的事。"自喜"和"沾沾自喜"不是一个意思,小母鸡有理由为自己高兴。

说说看,小母鸡老早就想咕哒叫了,为什么总叫不出来呢?

狐鹿换工记

[爱沙尼亚] 艾诺·拉乌德

梅花鹿在林间欣赏自己那一片绿油油的草地,草儿青青,看起来真是可爱。

梅花鹿正看得出神,狐狸凑上来说:"你的草地得浇水了。浇了水,这草才会长得更茂盛、更鲜嫩。"

"你说的倒也是。"梅花鹿说。

"我来给你浇吧,"狐狸讨好地说,"谁都说你既高贵又美丽,干浇水这种低贱活儿,太委屈你了。不过,我给你浇水,你得为我把鸡棚门打开。"

梅花鹿想了想,说:"恐怕不行吧!干那缺德勾当,风险太大了。为什么你不自个儿去开鸡棚门呢?"

"你瞧我,个儿这么矮小,"狐狸狡猾地说,"你跟我不一样,个儿高大,脚又有劲,你干起来会很轻松的！"

　　梅花鹿和狐狸谁也说服不了谁，一直争到天黑，梅花鹿才答应去为狐狸打开鸡棚门。

　　这时已什么也看不见了，于是它们决定推迟到明天早晨。

　　夜里，狐狸蹲在自己的窝里，想着白天和梅花鹿做的这场交易，想来想去，它觉得自己吃亏了，还得加个条件：梅花鹿开了鸡棚门，还要再把鸡赶到森林里去。

　　第二天天亮，狐狸一见到梅花鹿，就说："浇草地这活儿，挺累人的呢！我琢磨着你除了为我打开鸡棚门，还得为我把鸡统统赶进森林里去。"

　　"那恐怕不行！"梅花鹿说，"鸡会飞，它们不会听任我驱赶呀。"

　　它们谁也说服不了谁，讨价还价一直到天黑，梅花鹿才答应把鸡赶到森林里去，好让狐狸早点为自己的草地浇水。

　　然而这会儿换工已经太晚了，它俩约定回家过了这夜再说。

夜里,狐狸蹲在窝里盘算明天的事。它觉得梅花鹿很好对付,不如干脆要梅花鹿把鸡送到自己家里来。

第二天一大早,它们一见面,狐狸就对梅花鹿说:"干浇草地这活儿,得使大劲,出大力,得有本领才行。因此你还得再答应我一件事:把赶出来的鸡,都送到我家里去。要不然,我太吃亏了。"

狐狸正打着如意算盘,一阵风呼呼地把团团乌云吹到了草地上空,接着,雨哗啦啦下来了。

狐狸赶紧去取来洒水壶,要给梅花鹿的草地浇水。

"得啦!"狐狸说,"咱们按说好的条件办吧!我这就动手给你的草地浇水,你呢,也就抓紧时间把鸡都赶进林中我家里去。"

"真凑巧,我的草地天已经给浇了水了,用不着你来为我费力了。你还是操心你的鸡去吧!"梅花鹿说完,自顾自回家了。

"我真是活见鬼了!"狐狸憋了一肚子气,它发泄着自己的懊恼,气哼哼地往家走去。

黑猫说文

狐狸做梦想的都是鸡。香喷喷的鸡对狐狸来说充满诱惑力。它想吃鸡,可是鸡棚的门紧紧锁着,它个子小力弱根本打不开,它去骗腿脚健劲有力的梅花鹿为它打开鸡棚门。狐狸要梅花鹿帮着去偷鸡是真,作为换工条件帮梅花鹿浇地是假。狐狸的如意算盘到天下雨时就落空了。这就是天不助恶人吧。

说说看,狐狸为什么再三说要去给梅花鹿浇草地?

两只小青蛙

[苏联] 潘捷列耶夫

从前有两只小青蛙，它们很要好，一起住在小水沟里。

有一天夜里，它们出来闲游。它们在森林的一条小道上走，走着走着，忽然发现了一幢房子，旁边有一个地窖，地窖里十分潮湿，扑鼻的发霉气味中，带着苔藓和蘑菇的香味儿。青蛙喜欢的就是这种地方。

两个青蛙朋友急急地进了地窖，它们在那里高兴地游玩，蹦蹦跳跳好不开心。它们正玩得起劲，忽然一不小心跌进了一个盛酸奶的瓦罐里。它们越扑腾越往下沉，心里不由得又慌又怕。可是瓦罐很深，罐壁又很滑，怎么爬也爬不出来。

两只青蛙中，有一只不但胆小、软弱，还懒，它在酸奶罐里挣扎了一阵,总也爬不出瓦罐。它想:"算了,反正我是出不去了,反正我是不会有活命了,我何必再白费力气呢?还不如早点淹死算了,也省得活受罪。"它这么一想,就不再使劲了。

结果,它很快就淹死了。

另外一只青蛙勇敢又活泼,它不这样想,它寻思道:"要死,什么时候都来得及的。我要坚持下去,说不定我能蹦出去呢!"

然而要爬出来、要跳出来都没那么容易。瓦罐口很小很小,瓦罐壁很滑很滑,任它怎么跳,还是没能从瓦罐里跳出来。但小青蛙一点也不气馁,它想:"只要我还有一口气,就要蹦,就要想办法出去。我现在不是还没有死吗?那就应该想法儿活下去。"这只勇敢的青蛙这样想着,用出它全身的力气同死亡搏斗着。酸奶的气味呛得它几乎晕了过去,它差点儿沉到了罐底。它四条腿蹦得不住地抽筋,可还是不停地挣扎,不停地蹦跳。它想:"我千万不能停下来,更不能等死!"

它就这样蹦了许多时候。渐渐地,它感到脚下不再是稀稀的酸奶了,而是像土地一样硬邦邦的东西。勇敢的青蛙不知道,瓦罐里的酸奶已经被它搅成了奶酪,而奶酪是硬邦邦的。它惊喜地想:"这是怎么回事呀?酸奶发硬了?"事实就是这样,酸奶在它的不断蹦跶中变成了奶酪。

"多亏我没停,这会儿才能得救。"小青蛙这么想着,跳出了瓦罐。等它缓过气来,就蹦着跳着回它森林中的家了。那只意志软弱的青蛙留在了瓦罐里,它再也不会跳,不会呱呱叫,它再不能从瓦罐里出来了。

黑猫说文

酸奶是水浆,是柔性的,被搅成奶酪后,就硬化了,是固体的。

这篇童话赞赏什么、不赞赏什么,一目了然。赞赏的是那只在危难面前不轻易放弃求生的努力的青蛙,"不能等死"!结果,在命悬一线的时候,那只青蛙不屈不挠的拼搏精神创造了九死一生的奇迹,掉进瓦罐却没有死在瓦罐里。

酸奶要不断搅动才发硬,青蛙是懂得这个道理才不停挣扎的吗?

石 头

[乌克兰] 阿·苏霍姆林斯基

　　一片草地上,有一棵大橡树,繁茂的枝叶像巨伞一般撑开。橡树下有一口活井。年年月月,它让人们在它这里喝到水。从这里路过的人,没有不爱在这里歇口气的。

　　有一天,一个男孩来到橡树旁。

　　"要是我往井里扔下一块石头,那会怎么样?准会听到响响的咕咚一声吧?"男孩这么寻思着,随手捡起一块石头扔进了井里。

　　咕咚一声,水花高高地溅起来。男孩哈哈笑了起来,走开了,也就忘了自己这恶作剧的举动。

　　石头沉落到井底,堵死了井里的泉眼。泉水不再往井里冒,渐渐地,井就干涸了。井四周的青草慢慢枯死了，橡树也枯死了，因为地下水都流往别的地方了。夜莺不再到橡树上筑巢做窝，这一带再也听不到夜莺的歌声了。草地在对井的思念中慢慢荒芜了。

许多年过去了。男孩长大了，做了父亲，后来又做了老爷爷。

有一天，他来到从前那片葱绿的草地上，他依稀记得这里有一棵枝叶繁茂的大橡树，树下有口井，井里清凉清凉的泉水总在招引口渴而又倦怠的过路人。

然而，草地没有了，橡树没有了，井没有了。四周只见一片黄沙，风一吹，就扬起一团乌云似的尘土。

"唉，怎么会变成这样的呢？"老爷爷想不明白。

黑猫说文

阿·苏霍姆林斯基是伟大的教育实践家、理论家和作家，他的教育理论和文学作品在世界上都广有影响。

《石头》这篇故事值得好好细读，并且值得铭记永久。芳草如茵，大树掩映，广披绿荫，引来夜莺筑巢，在这里小憩的过路人既能喝到清凉的泉水，又能听到树上夜莺的歌声，这所有的美好，都源自井底一个小小的泉眼。这泉眼是活的，有生命的，小小的生命孕育了一方葱绿，一带莺歌，一片美丽。而活的泉眼隐藏在井底下，常人的肉眼看不见。因此，故事里的那个男孩，竟到了自己做老爷爷的时候都还不知道，这片蓬勃生命的丧失，恰是缘于他因冲动好奇而突发的一个恶作剧——往泉水里扔了一块石头。我们不能过多谴责男孩的好奇和冲动，然而他竟无意中毁灭一片生命、一片美丽——频频扬起的沙尘中，再没有了草、树苍翠的生命，再没有了夜莺悦耳的歌声！故事不止步于故事，故事能唤起无尽联想，引起我们的深思，这样的故事才是好故事。

　　说说看，读过这个故事，你有什么感想？

狐狸和老鼠

[乌克兰] 阿·苏霍姆林斯基

狐狸妈妈生了五只小狐狸,她非常喜欢自己的孩子。她每天都出去打猎,带些味道鲜美的食物回来:一会儿是小鸟,一会儿是小兔,一会儿是小老鼠,再不就是青蛙或小蚂蚱。

一天,狐狸妈妈发现离她住的洞不远处有个老鼠洞。老鼠妈妈前脚带着一窝小老鼠躲进洞里,狐狸妈妈后脚就来到洞口,说:"老鼠,你总要出来的,你的孩子也总要出来的。一出来我就把你们逮住。"

狐狸妈妈寸步不离地守候在老鼠洞口,一直等着。老鼠们早饿得受不了了,吱吱、吱吱直嚷嚷,可狐狸妈妈还蹲在洞口,一动不动。

老鼠妈妈想把狐狸妈妈吓跑。她在洞里向洞外说:

"狐狸,哎,快跑!狼从森林里出来了!"

狐狸妈妈听了满不在乎,只是狡猾地笑笑。

老鼠妈妈又向洞外说:"快跑,狐狸,猎人提着枪过来了!"

可狐狸妈妈还是纹丝不动。

这时,老鼠妈妈突然叫起来:"哎呀,狐狸妈妈,不好了,狼爬进狐狸洞抓你的小狐狸吃了!"

狐狸妈妈扭身就跑,去救自己的孩子了。

黑猫说文

阿·苏霍姆林斯基自己开办学校,自己做校长,自己做示范,还自己编教科书,边实践边总结办学经验,从而成为世界公认的杰出的以实践为特点的教育大家。

这个故事里的老鼠和狐狸都是妈妈,聪明的老鼠妈妈利用狐狸妈妈其实也担心自己孩子的安危的心理,终于成功地把狐狸妈妈哄开,解除了对自己的威胁。由这个故事展开的联想,可以让你更好地读懂自己的妈妈和世间的所有的妈妈,读懂她们的爱,以及由爱产生的大智和伟力。

说说看,老鼠妈妈为什么知道用故事里的这个办法能哄开狐狸妈妈?

狐鹿换腿记

[苏联] 纳吉什金

有一次,狐狸和驼鹿碰上了。

"有什么新鲜事儿给我说说吗?"狐狸问驼鹿。

"新鲜事儿倒也没有,邻居,"驼鹿回答说,"就是昨天我差点儿完蛋了——一个猎人死死追着我不放,而我的长角叫树枝挂住了。坏事儿就出在我的双腿上,树枝老碍我的腿!你的日子过得怎么样?"驼鹿反过来问狐狸。

"我也很糟糕,邻居,"狐狸说,"猎人老是暗中盯着我。坏都坏在我这四条短腿上,腿一短,就不能从高处看四方!"

世上的事都这么乱糟糟的,想要长腿的呢,偏只有四条短腿;想要短腿的呢,偏长了四条长腿。

狐狸接过驼鹿的话说:"来,邻居,咱们换换腿!"

"那太好了!"驼鹿说。

他们就彼此换了腿。

狐狸腿长、身高、望得远,很高兴。他走近猎人的房子,想钻进仓库里去看看,那里面通常有鸡在打盹儿,可长腿碍着他。他想把腿插进缝里去抓鸡,但是驼鹿的脚有硬蹄,怎么也伸不进墙缝里去抓鸡。狐狸长叹了一声,想起他原来那爪子,尖尖的,多锋利,抓鸡什么的多方便。正在想进却进不去的时候,有人从屋里出来了。狐狸吓坏了,撒腿就跑。他空着肚子跑呀跑呀,直向密林里跑去。

驼鹿呢,他换上了狐狸的短腿以后,个儿变得矮矮小小了。往草丛里一躲,谁也看不见,心里乐滋滋的。他用狐狸腿一步一步往前走,一点脚步声也没有。不过,他一会儿就累了,又累又饿。要在过去,他肚子饿了,只要一抬头,就能吃到树芽和嫩叶。而现在,他腿这么短短的,树叶儿够不着,嘴只好吧嗒吧嗒空嚼着。

"唉，我真不该把腿换给人家！多好的四条腿呀，又高又结实。瞧！这算什么腿嘛！如今我自找苦吃活挨饿啊！"驼鹿一难受，就哭开了。

突然，他听得有谁没命地往密林里飞奔，撞得树枝咔嚓咔嚓乱响。驼鹿知道有危险，撒腿就跑。可四条短短的细细的狐狸腿，他能跑到哪儿去？让枯枝儿一绊，哎哟哟，他跌倒了。他索性把眼睛闭上："这一下，我就等着完蛋吧！"

然而他听见有谁在叫他——那是狐狸："哎，邻居，你在哪里呀？"

"我在这儿呢，"驼鹿说，"刚才是你呀，在密林里弄得咔嚓咔嚓乱响！"

"是我呀！"狐狸回应说，"你的腿害得我好苦啊！我原想轻悄悄地走，可你的腿老把树枝碰断，咔嚓咔嚓，脚步声那么重，噔噔噔噔，蹄壳那么响，你的腿差点儿送了我的命！"

"你的腿让我也吃足了苦头！"驼鹿说，"那么细小，那么没劲儿……邻居，咱们还是再换换腿吧！"

于是，他们又换回了原来自己的腿。

"这才得劲，"驼鹿说，"驼鹿就是要用蹄子走路才合适！这样的腿多结实，这样的腿多棒！"

狐狸用自己的腿兜了一小圈，好极了！脚掌多轻柔，爪子多锋利，走起路来一丝儿声音也听不到。

狐狸对驼鹿说：

"这腿才是我的！狐狸腿有四个小肉掌，掌前有尖尖的爪子，这才对头，才合适。"

他们分别后，各走各的路。

从此以后，野兽中间再没有发生过换腿的事。

黑猫说文

纳吉什金是一位很熟悉东北亚地区森林动物与民间文学艺术的童话作家。他的童话的特点是把东北亚一带的风物、习俗、历史、民间文学成功地融入自己的童话创作。

森林里的动物，它们的腿有长有短。腿短的看到腿长的好处，腿长的看到腿短的优越，于是发生了换腿的故事。但是，生来腿短，腿短方可觅食果腹；生来腿长，腿长才能维持生计。换了就必定要吃大苦头，饿死是必然的下场。

世界的多样性、多元性，是维持世界运转、使世界有活力的必要条件。

　　个儿不大的狐狸和块头硕大的驼鹿把自己的腿换回来后，驼鹿用它的长腿做什么，狐狸用它的短腿做什么？

莫沙遇到一百头狼

[阿尔巴尼亚] 格仑别尔戈

有一个名叫莫沙的城里人,到乡下去看一个亲戚。他出了城,就顺一条坡路往山上走。丽日灿烂,和风舒畅,鸟语声声,芳草吐香,莫沙的心情好极了。他边走边唱,可来劲儿了。

过了不一会儿,山路越来越陡,树木越来越高大,一路林荫密布,甚至完全看不见太阳了。

莫沙一路走,一路四下里顾盼。周围没有人声,连狗吠鸡叫的声音也听不到。小路弯弯曲曲,尽在大树间穿行。鸟声听不见了。莫沙也不由得停住了歌唱,一个人静悄悄走着。他心里发毛了。哪怕能见到一只鸟也好啊。但是除了呼呼的风声和树在风中摇摆的声音,他什么也听不到。莫沙的心发紧了。他走着走着,就撒腿跑起来，一边跑，一边往后看。

跑啊跑啊，莫沙终于跑到了一块平地上，这里艳阳高照，粉蝶在花间穿飞。可莫沙刚才实在是吓坏了，这会儿还手颤脚抖哩。

这时走来一个农人。他见这里站着一个人，脸色灰白，手脚发抖，气喘吁吁，就问道：

"你怎么啦，朋友？你遇到什么不幸了吗？"

"还用问吗？吓死人啦！好容易才逃脱……我总算捡得了一条命……"

"好啦好啦，现在都过去啦。这会儿你该可以告诉我，你被谁吓成这个样子？"

"你也是，这能说吗？这能说清吗？这得你自个儿去经历经历！我一想起刚才有多危险，我的心都碎成片片了……你没见我在哆嗦？"

"你就别哆嗦嘛，你不慌不忙地说，你见到了什么，你听到什么啦？"

"我见到的、我听到的，让我这会儿都还瑟瑟地哆嗦。我差点儿没命啦，野兽差点儿把我给吃了！要真落得那样一个下场，我的亲人、老婆、孩子，就都不知道我是怎么死的，坟墓在哪里……"莫沙说到这里，抽泣了一声，让人看到他确实被野兽吓苦了，"我就像一盏没油的灯那样，熄了，没人知道……"

"你倒是说呀，谁追你来着，什么野兽追你来着？"

"怎么？你到这会儿还不明白谁追我来着，什么野兽追我来着？我跟你说：我独自一个人在森林里走，四周黑咕隆咚的，听不到一声鸟叫，阴森森的。后来稀里哗啦，稀里哗啦，接着整个森林都嚎叫起来！我回转身一瞧——好大一群狼，黑压压的，时隐时现。一百头狼紧跟我的屁股追，那龇牙咧嘴的样子，说多凶就有多凶！那些狼真是太大了！有一百头，个儿就像老熊那么大……"

"这都是你想出来的吧？我们这个地方，你到哪里去找一百头狼？我琢磨，朋友,这怕是你在扯谎吧？俗话说得好：心中怕多，眼中鬼多。"

"我扯谎？我怎么能扯谎？那狼确实是一大群！一百没有，五十不会少。五十头狼追我，我能跑得掉吗……"

"这我也不信，伙计。我们天天穿过这座林子进城去。五十头狼！你一说，人家准笑话你。"

"你怎么能不相信我呢？得啦，就算不是五十，是二十五吧。二十五，我再不会往少里说了！"

"二十五？朋友，我在这林子里长大，在这林子里砍柴，在这林子里放羊，远处近处，林中哪处我没有到过呀。我的祖父、曾祖父都在这里过了一辈子，可从没听说过，林子里曾出现过二十五头狼的狼群！你仔细想想，难说是你吓花了眼吧？"

"我吓花了眼？你怎么能这样说？莫不是，你以为，林子里连一打狼——十二头狼也没有吧！"

"当然没有。"

"唉，我不知道怎么对你说……我只记得，周围森林稀里哗啦，喊里咔嚓，究竟是什么，我也难说清……"

勇敢起来的莫沙这会儿不太怕了，他的心境也平静下来了。他跟农人在一块石头上坐下来，聊了一阵，抽了两筒烟，然后才分别，各上自己的道。

才走几步，农人回过头来大声对莫沙说："哎，朋友！你还是回家去吧！前头的森林还更茂密，道路还更黑哩！那里你遇到的就不只是一百头狼，还会有一百头老虎呢！"

黑猫说文

这是一个由民间传说故事再创作而成的故事作品。没有狼的惊吓，却恍如已经遇到过一百头狼了，这个莫沙疑心生暗鬼，弄得寸步难行了。这样的故事本身说着好玩，供我们哈哈一笑，但也绝不是为了告诉你我世上曾有莫沙这么个缺少勇气的人,让我们乐一乐而已。故事只是个载体，故事的意思自然在故事之外。读这个故事，我们会联想到一类人，一类走不出"森林"的人，一类成就不了事业的人。

你以为，这个莫沙最终走出森林了吗？

瞎眼国王

[土耳其] 纳瑞姆·希克梅特

古时候，有一个国王，他直到须发灰白，不是狩猎就是征战。狩猎连着征战，征战连着狩猎，没有休止，没有间歇，一会儿挥动长刀，一会儿挽起强弓，一会儿投掷狼牙棒。他一生都在马背上身先士卒，带领队伍冲锋陷阵，马蹄踏遍了天下的每一个角角落落。反正，他为了占城夺堡，自己没有一时一刻的安宁，弄得黎民百姓也不得安居乐业。邻国的人民更是吃尽了苦头。如今，这个国王年满七十的时候，他的眼睛忽然看不见了。当然，要不是眼看不见了，他还会继续驱策他的战马，去攻城略地，去频频向邻国挑起战争，把战乱强加于本国与他国的人民。而现在他眼睛看不见了，什么征战的事都干不了了。

国王于是在宫殿的宝座上号啕大哭,眼泪流成两条小河。每天国王的眼泪要用两个桶来接。一个是金桶,一个是银桶。金桶接右眼的泪水,银桶接左眼的泪水。国内的智人、医生、占卜家忙成一团,跑断了腿,为国王寻找治眼的药,耗尽了精力,费尽了心机。

终于,有一天,从天边来了一个僧人。他看过国王的眼睛,坐下,一边拈着胡须一边想。想了四十天四十夜,他才开口说话:

"有一个办法,能治好国王您的眼睛。到您的战马没有踩踏过的地面,去取一小撮泥土来。只要这泥土一敷上眼睛,上天马上就会给您降恩赐福,您的眼睛就会即刻恢复明亮。"

国王一听,不但没有高兴,反而大哭不止,放声号啕起来。这一天的眼泪就不是流两桶,而是流了四桶。为什么?因为国王自己心里很清楚,没有被他的马蹄践踏过的土地,把河流也算在里面,也已经不可能找到了。

这样过了一个月,过了两个月,过了一年。

有一天早晨，大儿子来到国王面前。

"父王，"他说，"请您允许我去寻找一小撮没有被您的战马踩踏过的泥土。您想着这样的土地已经没有了，可我非找到它不可。"

国王当然不信大儿子能找到哪怕一小撮那样的泥土，可他还是心存侥幸，大儿子要去寻找，那就试试吧。

大儿子跨上骏马出发了。过了一天，过了两天，过了三天，没有听到大儿子传来的消息。当宫中已不再存什么希望的时候，大儿子回来了。

"父王，您可以高兴了。"他说，"这是能治好您眼睛的泥土。我是从城堡的墙上取来的。这城墙上，不要说马蹄踩不到，连人脚也踏不到。因为城墙高峻光滑……用这土敷您的眼睛，它们一定能复明。"

国王叹了口气，忍住哭说：

"不，儿子，在我二十几岁的时候，我骑马同邻国的王子在那城墙上比过镖枪。"

大儿子听了，垂下了脑袋，离去了。

二儿子对国王说：

"父王，请允许我去试一试。"

二儿子出发了。

过了一天，过了两天，过了三天，没有听到二儿子传来的任何消息。当宫中都已经不再抱什么希望时，二儿子回来了。

"父王，您可以高兴了。"他说，"这是给您治眼睛的泥土。我是从山谷的深渊里取来的。我取泥土的渊底一定是人脚都没有踩踏过的，更别说马蹄了。"

"不，儿子，"国王回答说，"那深渊底下人脚是已经踩过了的。我年轻时，骑马在渊底打过一只野鸭。"

国王的眼睛是完全没有希望了。

一个天气晴朗的日子里，小儿子来到国王面前。

"请允许我为您去找药。"他说。

"你甭为这事白费劲了。"国王回答说，"难道这土地上还有我的马蹄没有踩到的地方吗？"

可是小儿子继续坚持他的主张。父亲没有办法，最后同意小儿子去碰碰运气。王子到王宫马厩里挑了一匹牙口最小的马，这匹马健壮有力，英俊威武，很不一般。

"马驹子，你才配跟我一道去完成使命。"他说。

"你们从今日起，不要再用草料豆料喂它，改用葡萄干和板栗喂它。"他对宫中养马人吩咐道。

到了第四十一天，王子到马厩来了。他骑上马，出发了。

不知跑了多少路，不知翻了多少山，不知过了多少河。他的马已经跑了三天了。傍晚，当王子在一条峡谷里奔驰时，他看到地上有什么在闪射着耀眼的光芒，像是掉在地上的一块太阳，把峡谷都照亮了。

这是怎么回事？王子想。他跑过去一看，看清了是一片鸟的羽毛。他把它捡起来，装进了口袋，跨上骏马就向前疾驰而去。

他不知跑了多久，跑了多少天。在一个风和日丽的日子里，王子和他的骏马来到一座城市。天将黑时，他住进一家驼队旅店。

天一黑，羽毛的光就从王子口袋里透出来。这时，王子的骏马开口说起人话来：

"亲爱的王子,你不是要为你的父王找到一小撮没有被马蹄踏过的泥土吗?现在机会来了。咱们去找到这羽毛发光的鸟,它能告诉你该到哪里去找那战马没有践踏过的泥土。"

"那你知道这神鸟住在什么地方吗?"

"你骑上来,咱们去找。"

"好,咱们奔向卡夫山!"

王子和他的马穿越森林时,看见一些人正把整坛整坛的酒往湖里倒。这时恰是正午时分,是一天中最炎热的时候,大象成群结队走出森林,到湖边饮水。它们用长鼻子吹出呜呜的响声。一到湖边,就忙不迭地将鼻子抛进湖水里,拼命地吮吸。大象们喝了这混合着酒浆的湖水,一头头都醉醺醺的,走路歪歪倒倒,全没了素有的伟力和威势。它们一步步移动着,呼呼地喘气。这时,一帮人从树林后面冲出来。这些人要干什么呀?他们是一伙专门在森林里拔象牙的盗贼!这成群的大象眼看就要毁在这帮盗贼手里,王子不忍心看这一幕惨剧出现,于是亮开嗓门大声叫道:

"士兵们！过来！把这群偷象牙的贼给我抓起来！"

象牙贼们听见有人这么喊叫，同时看到一个英俊的青年策马向他们奔来，他们一下慌了神，以为真的有成队的士兵要来抓他们了，就立刻各自逃命，消散在黑压压的密林中。

王子救象群的举动，树上的一只鸟全看在眼里。它十分感动。它飞下来，落在马头上。

这只鸟的羽毛发着耀眼的光。原来它就是那羽毛发光的神鸟！神鸟对青年说：

"我知道，你是很有正义感的王子。你是为你父王到这里来的。你要找的药，我知道在什么地方。你就跟我来吧！"

王子和他的马跟着神鸟，奋蹄飞奔向前。

神鸟的翅膀呼扇着，像一束耀眼的光从空中亮亮地划过。

神鸟把他们引进了一个美人的花园。美人坐在绣花架前，一针一线地绣着花。神鸟对王子说：

"年轻人,你到那美人的绣花架下面,抓一小撮泥土——那就是你父王需要的药了。"

王子按照神鸟的吩咐,到美人的绣花架下去抓了一小撮泥土。

第二天,王子和他的马转身往回跑。

不知跑了多少路,不知翻了多少山,不知过了多少河。一天早上,王子终于回到了国王身边。王子高兴地对国王大声说:

"我找到治您眼睛的药了!"

瞎眼国王为小儿子的归来高兴,也为自己的眼睛能够复明而高兴。他问小儿子:

"儿子,你是从哪儿弄来的泥土啊?"

"父王,是从一个美人的绣花架下取的。"

"哦,我的战马确实没有踏过美人绣花架下的土地!"

国王用这撮土敷了敷眼睛。果然,他的眼睛又看见了自己的小儿子,看见了他的国家——战马不再践踏的国土,是多么好啊!

黑猫说文

纳瑞姆·希克梅特是二十世纪世界级的诗人，在世界诗歌史上有很高地位，一段时期曾致力于民间童话的再创作。

这是一个很能震撼人心的故事。一生醉心于征战的国王，差点儿毁灭了所有的美好，包括他自己的生命！"战马不再践踏的国土，是多么好啊！"好在美是毁灭不尽的。正在绣花的美丽女子，让这个醉心于征战的国王不忍践踏——国王的心中残留了点滴的或者说是丝毫的善，就给人间留下了一份美：美始终是和善联系在一起、融合在一起的。

说说看，在践踏美好中，能寻求到真正的乐趣吗？

醉 兔

[苏联] 谢尔盖·米哈尔科夫

不记得刺猬是庆祝命名日，还是庆祝生日，反正，兔子应邀到刺猬家赴宴了。

前来参加酒宴的，不是乡邻就是好友。友邻相聚，自然得开怀畅饮，一醉方休。于是边讲边笑边喝，酒像河水似的淌进了大伙的嘴里。兔子喝得烂醉如泥，连身子都起不来，更不能回家了。

"飞（回）家！"兔子含混不清地说。

"你能找到家不？"刺猬关切地问道，"你还是歇一阵，睡一觉，等酒醒以后再走吧！你独自一个在树林走会出事的，都说近来树林里有狮子出没！"

喝醉了酒的兔子，能听刺猬的好心相劝吗？

"狮子算什么屁东西！"他嚷嚷道，"咱能去怕他！

他来送死，我倒正要找他好好算算老账哩！我要扒他七层皮，让他没毛没皮滚回他非洲老家去……"

他离开刺猬那闹哄哄的家，在树林间歪歪倒倒、跌跌撞撞摸黑走着，边走边不停地嘟囔着：

"再比狮子厉害的家伙，我都把他给撕个粉碎……"

醉兔酒话连连，啰唆个不休，把睡在一边的狮子给吵醒了。兔子一看大事不妙，赶忙往密林里逃窜。可狮子只伸伸腿抬抬爪，就一把将他抓住了。

"唔，你这个啰唆鬼，吵吵嚷嚷搅了我的好梦！我看你是那酒灌多了。站好！"

兔子被一吓，顿时醉意全消，不过他立刻想出了脱身的好主意。他结结巴巴地说：

"是……是我，您……您……咱们……您听我说，您高抬贵爪！我是在朋友家多喝了几杯，唔……唔，多喝了点。不过，这都是为您狮大王祝福呀，祝您万寿无疆，还祝狮王后永远健康，并祝狮大王洪福齐天！为了您一家，我能不多喝几杯吗？"

狮子听了兔子这番叫他打心底里开心的话，爪子松了。爱吹牛的兔子就这样用拍马屁的方法从狮子爪下捡得了一条命。

黑猫说文

谢尔盖·米哈尔科夫二十世纪三十年代以长篇叙事诗《高个儿斯乔帕》成名，曾长期担任俄罗斯作家协会主席。

这个故事里的兔子和狮子虽然被漫画化，甚至有点儿脸谱化了，但是它们确实是从现实生活中概括出来的两类人物。有爱被奉承的人，那么靠奉承而遮蔽丑行的人就总会像蘑菇似的冒出来，生生不息。寓言的作用就是醒世，发挥提醒和警示世人的效能。

兔子能随口编出一套奉承话来，也是一种本事吧——叫什么本事？

一根灰羽毛变成五只大母鸡

[丹麦] 安徒生

有这么一只白母鸡,特别特别爱漂亮。偏偏它身上的羽毛中长了一根灰羽毛。这不成杂毛鸡了吗?它下决心除掉这根杂毛,于是它往回一扭头,把这根灰不溜秋的羽毛给啄了下来,疼是有点儿疼,但它不在乎这点儿疼。它对着水面照了照,得意地说:

"嘿,啄掉这根灰羽毛,我靓丽多了。"

白母鸡这自我欣赏的话,让花母鸡听到了,转身就当作一个新奇的消息告诉它的邻居,说:

"有只母鸡,为了漂亮,竟把自己身上的羽毛啄掉了。"

鸡屋上面住着猫头鹰妈妈,它听了花母鸡的话以后,就去对它的孩子说:

"有只母鸡,为了漂亮,把自己的羽毛全啄掉了。"

小猫头鹰听了,又忙不迭地去告诉相邻的鸽子,说:

"有一只母鸡……把自己身上的羽毛全啄光了,一根不剩,到时候,它不冻死才怪哩。"

鸽子们听了,纷纷向地面的公鸡叫道:

"有一只母鸡,有的说是两只……把自己身上的羽毛全啄光了,现在它们全冻死了!"

公鸡听了这个消息,马上飞上围墙,放开嗓门向着四面大叫:

"有三只母鸡,为了漂亮,啄光了自己身上的羽毛,现在它们全都冻死了!"

新奇的消息谁都爱传,这件事从东传到西,从南传到北,又传回到母鸡这里时,已经变成了五只母鸡,为了漂亮,啄光了身上的羽毛,它们现在全冻死了!

那只啄掉一根灰羽毛的母鸡听到这个消息,也跟着说:

"那五只大母鸡,死要漂亮活受罪,冻死了也没有谁会可怜它们的！我要把这件事写成一条新闻，登到报纸上，让大家都知道。"

真的，这怪事就登上了报纸——一根灰羽毛，就这样变成了五只大母鸡。

黑猫说文

一根灰羽毛变成了五只大母鸡，是经过好些不同的嘴巴演变的。可能人都不喜欢平平淡淡的，要讲得能叫别人一听就竖起耳朵，讲着才有意思，听着才有意思。关于一只母鸡啄掉一根羽毛的事，最后这个消息传回到白母鸡耳朵里的时候，已经同原来的事实完全是两码事了，令人啼笑皆非。说得有鼻子有眼的事，还可能是讹传，不一定是真的！

安徒生讲的这个有趣的故事，是想告诉我们一个什么道理？

达·芬奇寓言故事

[意大利] 达·芬奇

金翅鸟

金翅鸟叼着一条虫子,飞回自己的窝,可是窝里却不见了自己的小鸟。一定是他外出找食的时候,什么坏心人把他的孩子们给掏走了。

金翅鸟嘶声叫着,哭着喊着,四处寻找他失踪的小鸟。

整座森林都回响着他凄厉而又揪心的呼唤,然而茫茫密林中哪儿也听不到哪怕是一点点回音。

不幸的父亲第二天早上碰到苍头燕。苍头燕说昨天在一个农人家见过小金翅鸟来着。

金翅鸟听苍头燕这么一说,喜不自胜,憋足劲儿一口气飞到村子里,很快找到好心的苍头燕所指的农人家。

　　金翅鸟停落在屋檐外的地方，四面八方望了个遍，可压根儿就没见什么小鸟。他又往下飞到了谷场上，可谷场上连个鸟影都不见。这时，可怜的父亲一抬头，却看见了一只鸟笼，里头蹲着被农人抓去的小金翅鸟。金翅鸟像子弹似的猛冲过去。

　　小金翅鸟们也认出了父亲，不由得叽叽喳喳齐声诉说起来，希望父亲快快把他们从笼子里解救出去。金翅鸟爸爸又是用爪又是用喙，豁上命撕扯鸟笼的铁丝。但他用尽了各种努力都没有一点效果。最后，他一声惨叫，然后飞开了。

　　被哀伤打击得失去理智的金翅鸟，第二天又飞回到鸟笼边。他久久地看着自己苦命的孩子们，他的目光带着父亲的浓情和温柔，看着，看着……然后他往每只小鸟张开的嘴巴里轻轻啄了一下。

　　父亲嘴里衔来的是一根毒草，几只小鸟一下伸直了脚爪……

　　"与其永远为失去自由而恼恨，还不如死了的好。"不甘屈辱的金翅鸟伤心地说完这句话，就飞回森林里去了。

黑猫说文

在达·芬奇的心中，自由和生命有着同等的价值。确实，享受生命，前提是要能享受自由——对于鸟来说，就是不要被关在笼子里，要飞翔在天空中。

讲这个故事，哪些情景必须讲得详细？

发自内心的热情

年轻的鸵鸟夫妇格外苦恼。他们每次孵蛋,总是因为自己的身体太重,一蹲下就将身下的蛋压破了。

一次又一次的失败使他们觉得没有指望了,于是就去找住在沙漠那边的一位曾经孵出过小鸵鸟的鸵鸟妈妈,向这位聪明的长者请教经验和方法。

他们夜以继日地赶路,跑啊跑啊,终于到了那位鸵鸟妈妈的居住地。"求你帮助我们!"他们说话的语气和态度都十分诚恳,"你让我们开开窍,教教我们,我们可是苦恼透了,这小鸵鸟该怎么孵才孵得出来呀?我们左抱右抱,可就总是抱不出一个后代来呀。"

又有头脑又有经验的鸵鸟妈妈聚精会神地听了他

们的倾诉，回答说：

"这事不易哩。除了愿望和努力，这中间还得有别的东西。"

"那是什么东西？"两只年轻鸵鸟异口同声地追问，"我们拿去照办就是！"

"你们既然真心实意要学，那么你们听好了，要留神往心里听！这中间最最重要的东西是要有发自内心的热情。你们要怀着满心满胸的爱去抱你们的蛋，时时刻刻要像爱护天下第一值得珍爱的宝物那样爱护它，只有从你们心胸中散发出来的热情，才能往蛋里注入生命。"

希望和信心极大地鼓舞着年轻的鸵鸟们，他们动身回家了。

年轻的鸵鸟把要孵的蛋小心地抱在腹下，满含亲情和温柔的眼睛一眨不眨地注视着正孵的蛋。

这样过了许多日子。年轻的鸵鸟夫妇由于连日连夜全身心地投入，累得站都站不稳了。还好，他们执着的信念、深情的爱、长时间的忍耐、持久的努力，终于得到了报偿。一天,他们看到蛋壳里有什么拱动了一下,轻轻的咔嚓一声,蛋壳破裂了,从破裂处探出一个毛茸茸的小脑袋。

黑猫说文

这是一篇值得全文背诵的寓言精品。

事不分大小,想要做成功,就必须有发自内心的热情。

"只有从你们心胸中散发出来的热情,才能往蛋里注入生命",这句话让你想起些什么?

雄鹰和金翅鸟

雄鹰出猎归来，到家一看，吃惊不小：两只小金翅鸟竟跟他的几只没长毛的幼鹰身子紧挨着挤在自己的窝里。

这时，雄鹰的心情正不好，原因是终日阴雨迷蒙，狩猎很是不顺心，唉，就只碰见一个死物。而人所共知，雄鹰是宁愿饿死也不吃腐肉的。

眼瞅着两个不请自来的小客人，他就想把今日的不快都发泄到他们头上，三下两下把他们撕成碎块。但是，他及时打消了这个念头。纵然再在气头上，雄鹰的火气也不能撒到两个弱者——两个没有一点自卫能力的小不点儿身上啊，这是不合雄鹰性格的。

"你们从哪儿跑到这儿来的?"鸟巢主人厉声问道。

"雨总不停,我们在森林里迷路了。"一只小金翅鸟吱吱地说,这声音轻得勉强能听清。

腹腔里的饥火剧烈地折磨着雄鹰,他投射在小家伙身上的目光满含暴怒。

两只小金翅鸟瑟瑟颤抖,相互挤在一起,没敢出一口气,没敢轻轻地吱叫一声。

两只小金翅鸟倒是长得肥肥胖胖的,然而他们是这样无助,这样可怜,以至于高傲的雄鹰都没有足够的力量去扑击他们。他闭上眼睛,把头扭开,免得受到血腥的诱惑。

"你们走吧!"猛禽依旧扭着头大声喊道,"别让我再在这里见到你们!"

那对金翅鸟于是箭一样飞开了。雄鹰转过身来对自己的小鹰说:

"咱们生来就是捕捉大型野生动物的。咱们宁可饿死,也不许撕食无辜的小鸟充饥!"

黑猫说文

　　达·芬奇在五百年前用一个精彩的寓言表达出来的观念，现在依然能震撼我们的心灵，说明达·芬奇不但是伟大的画家，同时也是杰出的思想家。

　　朗诵这篇寓言故事，把达·芬奇当年博大的思想表达出来。

蚂蚁和麦粒

这是一颗被农人遗落在田野间的麦粒。它盼着天上快快降下雨水来滋润它，好让它在严寒袭来之前就把根扎进潮湿的泥土里去。

蚂蚁急急忙忙往前赶路呢，碰巧见到了这颗麦粒。这个意外的发现让蚂蚁非常高兴，它便立即把这颗沉甸甸的麦粒甩在自己背上，艰难地驮回家去。

蚂蚁家的规矩是天一黑就封门，所以它必须得在天黑以前赶到家。它脚不停步地赶路，却不承想这背上的麦粒越来越沉，累得它背脊都生疼了。

"你为什么这么不要命地驮着我赶路呢？放下我，你不就轻松多了吗？"麦粒恳求说。

"要是把你放下了,"蚂蚁气喘吁吁地说,"我们拿西北风过冬呀!蚂蚁国里有那么多嘴巴要吃东西,我们每个蚂蚁成员都得尽心尽力为蚂蚁窝增加粮食储备。"

麦粒想了想,回答说:

"你是一个刻苦耐劳的实干家,你的担心我完全理解。聪明又勤劳的蚂蚁,也请你理解我,仔细听我把话说完。"

蚂蚁也想休息一小会儿,于是便同意了,从背上卸下了这个沉重的粮食包袱,坐下来歇口气。

麦粒说:"在我身上蕴藏着一种十分了不起的力量,我们种子生来有自己的使命,这个使命就是在大地上创造更多的新生命。我这话相信你能明白的。让我们来订个条约吧!"

"什么条约?"

"是这样的,"麦粒解释说,"要是你不把我背到蚂蚁窝里去,就把我留在这田野里,那么,作为报酬,我承诺明年的这时候,我将送给你一百颗同我一样大小的麦粒！"

蚂蚁有些不敢相信麦粒的承诺，疑惑地连连摇头。麦粒于是又说：

"你尽可以相信我，亲爱的蚂蚁，我讲的没有半句假话！只要你能放下我，然后耐心地等些日子，我就会百倍地报答你的耐心，你的蚂蚁伙伴绝不会吃亏的，不会因为你今天放弃我一颗麦粒而吃什么亏。"

蚂蚁挠挠后脑勺，心里想："一颗还百颗，这种好事只在童话里听说过。"所以沉思着不说话。

"你准备怎么做呢？"蚂蚁按捺不住好奇心，迟疑地问。

"请你相信我吧，"麦粒回答说，"这是生命的一大秘密。现在你在这田野里掏一个小凹坑，把我埋起来，夏天你再来看我。"

约定的时日到了。夏天，蚂蚁来到了田野上。果然，麦粒按它的承诺全做到了：蚂蚁见到的还不止一百颗麦粒。

黑猫说文

　　在蚂蚁心中，麦粒是用来吃的，用来充饥的。麦粒可以吃，也能做种子。种子的力量有多么了不起，蚂蚁不知道。幸而，它迟疑了一阵后，到底还是相信了麦粒的承诺。到了夏天，麦粒让蚂蚁看到了它所说的"生命的一大秘密"：一颗麦粒成功地孕育了比一百颗还更多的饱满的麦粒！

　　说说看，到了夏天，蚂蚁在它埋下麦粒的地方看到了什么景象？

老鹰和野鸭

老鹰次次出去捕猎野鸭,次次都怒气冲冲地憋了一肚子火回来。那些肥肥胖胖的野鸭子呀,可真会耍弄它,拿它寻开心。就在它冲下去,爪子快要抓住野鸭的瞬间,它们哧溜一下钻进了水中。它们扎在水中的时间远比它在空中停住不动的时间要长,老鹰没等野鸭浮出水面来,就不得不飞开了。

那天早上,老鹰又下定决心要去碰碰运气。凶禽在空中盘旋了一阵,瞄准了一个袭击目标,像石弹一般飞坠,却不料野鸭就在它眼皮底下一下钻进了水里。

"这次我就不让你逃脱!"心中发狠的鹰大叫一声,就紧随野鸭扎进水中。

野鸭看见老鹰跟它冲进水里,早已游向一边,灵敏地避开了它,很快向上浮去。野鸭在水面上,若无其事地抖抖翅膀,就飞了起来,而浑身变得沉重的老鹰是怎么也冲不出水面了。

野鸭在空中俯瞰在水中挣扎的凶猛猎手,高兴得扬嗓大叫:

"再见,朋友!我在空中,感觉像我在水中那样自在;而你在湖中,就得呛水,就得淹死!从今而后,你应当学聪明一点了!"

黑猫说文

强弱是一个相对的概念。当弱者拥有了足够的智慧和本领,就能转化为强者。这篇寓言中的老鹰只在空中显示它的不可一世,在水中只能是弱者,而野鸭在空中、在水中都能得心应手。

说说看,老鹰怎么在自己最得意的时候倒了霉?

百 灵 鸟

在僻远的森林里，住着一位喜欢独处的老人。他爱幽静，却跟一只百灵鸟交上了朋友。一天，从邻近城堡里来了两个带猎枪的人，他们是来为重病缠身的主人求医的。他们的主人虽经名医名药治疗，可病不但不见好，反而日渐加重了。

老人由自己的百灵鸟朋友陪伴着，随两个带枪的人出发向城堡走去，不一会儿就到了。

重病中的城堡主人的床榻旁，已聚集了四个郎中。他们悠声慢气地交谈着，时不时焦灼地摇摇头。

"什么药也治不了这病。"一位看起来德高望重的郎中开口说道。

老人的眼睛看着身披羽毛的朋友，走到病人的屋门口，站住了。百灵鸟飞进屋去，贴着天花板盘旋了好几圈，临了，飞落在窗台上，定睛凝视起病人来。

"病人有指望了！"老人静观细察百灵鸟的神情，得出了一个肯定的结论。

"这个乡巴佬，这个粗人，怎敢在别人办的事情上插一脚！"四个郎中顿时恼怒起来，齐声叫道。

这时，奄奄一息的病人有气无力地微微睁开了眼，看见面前凳子上蹲着一只鸟，似乎露出了一丝微笑。

他的双颊渐渐泛红，感觉到力气恢复了些，让人不胜惊讶的是，这城堡主人竟低声说话了：

"我感觉好些了。"

过了几天，这城堡主人的重病就全好了。这位远近知名的城堡主人到森林里去拜望老人，当面表达他对老人救命的谢意。

"不用谢我，"老人对他说，"是百灵鸟治好了你的病。百灵鸟对任何疾病都是很敏感的。百灵鸟要是不正面看病人，这病人的康复就没有多少指望了，什么药物都帮不了忙了。要是在病人看它时，它不把头扭开，那么病人就一准儿能自己好起来，能自己痊愈。百灵鸟那善良、同情的目光对病人有一种神奇的疗效。"

在我们的生活中，善良就像敏感的百灵鸟，它绕开一切不良、邪恶和愚蠢，跟真诚、高尚的言行紧紧相亲相倚。这就好像是鸟儿在茂密的森林里、在开花的草地上结巢，善良总是在同情和关怀他人的心灵里栖息。

真诚的爱能在人们不幸的时候显示它的威力，就像是夜越黑，火光就越能显示它的光亮。

黑猫说文

达·芬奇在这篇寓言中所说的这两句话，值得我们作为人生格言铭记："鸟儿在茂密的森林里、在开花的草地上结巢，善良总是在同情和关怀他人的心灵里栖息。""夜越黑，火光就越能显示它的光亮。"

"夜越黑，火光就越能显示它的光亮。"达·芬奇为什么要在这个故事的结尾写这句话？

鹤　鸟

　　从前有一个秉性善良的国王，他有很多邪恶的敌人。忠于国王的鹤鸟们很为国王的安全担忧。危险每时每刻都在窥视着国王，尤其是黑夜里，凶恶的敌人能轻而易举地包围国王的宫殿。

　　"咱们应该防范。"鹤鸟们聚在一起商议道，"要知道，那些卫兵根本靠不住。本来他们的职责就是好好保护国王的安全，可他们每到夜间就呼呼酣睡。那些狗白天打猎奔波，都累趴下了，也不能指望它们来守卫国王。为了让咱们善良的国王能安生歇息，就只好由咱们来守卫王宫了。"

　　鹤鸟们说到做到，它们担当起哨兵的任务。它们分成三拨，轮流到规定的哨位上去值班。

数量最多的一群鹤鸟散布在草地上，它们负责守卫宫殿四周；另有一群鹤鸟据守宫殿的出入口；再有一群鹤鸟分布在国王寝宫里站岗放哨，一眼不眨地盯着就寝的国王。

"要是咱们放哨时犯困，该怎么办呢？"一只年轻的鹤鸟问。

"要让自己不犯困，有一个可靠的办法。"领头鹤说，它因拥有丰富的经验而精明能干，"让咱们每个站岗的，都只能用一只爪子站在不稳的石头上。要是谁瞌睡了，身子就会不平衡，那么爪下的石头就会从爪下滚落，这滚落的响声就会使所有的鹤鸟都警觉起来。"

鹤鸟们从此以后每天晚上按规定和安排到岗值勤。它们站岗时总是一条腿站立，每两小时左右倒换一次脚。它们个个守规矩，没有一只鹤鸟让自己的石头滚落。

人们为了赞美这种忠于职守的精神，把这些鹤鸟叫作"王冠鹤"或"国王鹤"。

黑猫说文

达·芬奇对鹤鸟观察得很细，所以他能用鹤鸟一只脚站立的形象来赞美忠于职守的精神。

说说看，鹤鸟执勤守望的时候，用什么办法来防止自己瞌睡？

蝮蛇和夜莺

小夜莺一只挤一只在窝里沉沉酣睡的时候,为它们的生活操心的父亲就已经去找食了。

蝮蛇经过多时的观察,探知这种情况,就向夜莺窝爬来,边爬边想象这猎物的美味。但是夜莺这时叼着虫子回窝来了。它及时发现了蝮蛇爬向莺窝的罪恶勾当,就大声哀求道:

"别往前爬了!你就饶了我那些无辜娃娃吧!我用歌唱来换取那些亲亲的小生命,我的歌声很好听的,你从来也不曾听到过……"

说完,夜莺颤悠悠地唱了起来,时而高啼时而低啭。随之,整座森林里都荡漾起柔婉而忧伤的声音,洋溢着一种难以言表的美感和哀怨，拨动了所有的心弦。

蝮蛇的心思和情绪都乱了，不再往前爬动，它陷入了疑惑之中。但是为了不叫夜莺的啼啭勾起它哀伤的情怀，它用尾巴堵起了耳朵。要知道，它要是继续听下去，这夜莺的歌声会让它的毒牙全部丧失威力的。

趁早，蝮蛇转身回自己的家去了。

黑猫说文

美有一种能够感化强暴的力量。小夜莺虽小得很不起眼，但它的歌唱却能让毒性猛烈的蝮蛇牙齿全部失去危害他人的威力。

为什么夜莺的歌声比夜莺的恳求有用？

报恩的戴胜鸟

早上,戴胜鸟该飞出窝去了。可是戴胜鸟爸爸和戴胜鸟妈妈忽然觉得自己没有飞出窝巢的能力了。浓厚的翳障蒙上了它们的眼睛,纵然天空万里无云,大地艳阳普照,它们也看不清了,它们俩的眼睛看什么都只是模糊一片了。它们老而无能了。它们的翅羽和尾毛不仅没有光泽,反而像那枯枝一样,一根根全变脆了,变得一折就断。它们精疲力竭了。

两只老戴胜鸟已经出不了窝,它们等待加速到来的生命最后的那个时刻。

但它们想错了。这时它们的孩子来到它们身边。偶然有一次,它们儿子中的一个飞过它们的窝旁,它发现父母年老体衰了，就飞去向散落在四处的兄弟姐妹报告了这一情况。

当所有的兄弟姐妹都在父母的家里聚齐，当中有一个说话了：

"咱们都从父母这里获得了生命。这是父母给咱们的伟大而无价的馈赠。它们生养了咱们，在咱们身上耗尽了它们的精力，投入了它们全部的亲情。现在它们年老体衰，眼睛看不清东西了，不能养活自己了，咱们神圣的义务就是帮助它们治疗，直到它们能重新飞出窝去。"

大家都觉得这番话说出了自己的心声，所以它话音一落，年轻的戴胜鸟们便齐心协力，有的立即去营造一个更温暖的新窝，有的马上去捕捉虫子，有的飞进森林去采药。

很快，新的暖窝造起来了，接着它们就仔细小心地把父母迁入新居。它们用自己的翅膀焐住二老的身体，让它们快快暖和起来。它们想，母鸟尚且能用自己的体温从冰冷的蛋壳里孵出小鸟来，那么它们也就一定能把二老的身体焐暖。它们焐暖了二老后，又拿清清的泉水来喂给二老喝，又用自己的尖嘴一下一下细心地把二老蓬乱的细毛梳理整齐，不让变脆的羽毛折断。

终于，飞往森林的鸟孩子也回来了，它们找来了能使翳障消失、眼睛复明的草药。它们把有奇效的草叶啄成草汁儿，给二老擦眼。但草药产生效用缓慢，它们就耐心地相互替换值班，轮流陪伴在父母左右，一时一刻也不让二老独自留在窝里。

让大家欣喜的一天终于来到。父亲和母亲又能睁开双眼观看四周的东西，又能清楚地认出自己的孩子了。就这样，知恩图报的子女用爱治好了父母的眼睛，使它们恢复了视力，恢复了活力。

黑猫说文

感恩是做人的底线。故事里讲的是鸟，而我们是人，在感恩这一点上，人应该比鸟更有理性的自觉。

说说看，戴胜鸟的孩子们是怎样帮助自己年老的父母恢复视力、恢复体力的？

小熊和蜜蜂

熊妈妈还没来得及向自己的孩子交代应注意些什么，好动的儿子就忘了妈妈要它待在家里的嘱咐，蹦蹦跳跳，只管跑进了森林。这里多开阔呀，各种从没闻过的清香扑鼻而来！又挤又闷、空气不新鲜的熊洞就显得太憋屈、太污浊了。小熊忘情地追逐纷飞的彩蝶，追着追着，追到一个树洞旁，在洞口就能闻到一股勾魂的甜香，这甜香直诱惑得它鼻孔痒痒。

小家伙走到洞口细瞧细看，发现里头蜜蜂多极了。一些蜜蜂嗡嗡地在周围飞转，像忠实的哨兵威严地保卫着自己的家园；一些蜜蜂带了花蜜回来，钻进洞里，不一会儿又从洞里钻出来，飞进森林。

好奇的小熊叫这一切给迷住了，它再也抵挡不了这醉心的诱惑。它迫不及待地要弄明白这树里究竟发生着什么，有什么名堂。它先是伸进鼻子去闻，紧接着就伸进爪子去抠，很快它摸到了热乎乎、黏糊糊的东西，爪子缩出来一看，上头粘的竟是蜜！

　　小熊还没舔着自己的爪子呢，还没来得及甜得眯起双眼呢，狂怒的蜂群已经向它猛袭而来，那蜂群如黑云一般，直扑它的鼻子、耳朵、嘴……小熊受不了这难受的疼痛，嗷嗷直叫，两只前爪频频拍打蜜蜂，拼命进行自卫。可是那蜜蜂们蜇它蜇得更凶了。这时它翻倒在地上，连连打起滚来。它想用翻滚来减轻蜂蜇的痛楚，然而一点用处也没有。

　　小家伙忘了害怕，飞跑着回了家。被蜇得满鼻满耳满嘴肿痛的小熊，眼泪汪汪地跑到自己的妈妈面前。熊妈妈照例是怪它，然后用冰凉的泉水淋洗它的疼处。

　　从此以后，小熊深深明白了一个道理，这就是：甜蜜得用痛苦的付出去换取。

黑猫说文

小熊来到世上还不久,它到底缺少阅历和经验。缺少见识和经验有时是要吃亏、吃苦头的。

是什么不幸的遭遇,让小熊知道"甜蜜得用痛苦的付出去换取"的道理?

一颗核桃和一座钟楼

乌鸦不知从哪儿弄到一颗核桃,它打心底感到自己运气不错,喜滋滋地向钟楼飞去。它在楼顶上停稳,就用一只爪子紧紧按住核桃,嘴壳砰砰砰狠劲儿啄那圆不溜儿的硬家伙,想要把硬果壳啄开,吃里头那美味的果仁。可不知是用力过猛呢,还是它没弄对头,反正是核桃哧溜一下从它爪下滑开,滚了下去,落进一条墙缝里不见了。

"啊,好心的墙啊!你生来就是保护他人的!"被乌鸦的嘴壳啄得快要魂飞魄散的核桃还没弄清楚是怎么回事儿,就可怜巴巴地说,"你别让它把我啄破,别让它把我吃了,求你可怜可怜我!你这样坚实牢固,这样雄伟壮观，你有这么一座漂亮的钟楼。请别赶走我！"

然而，大钟用它那浑厚的声音，告诉墙不宜将核桃收留在自己怀中。它劝告高墙，别信这核桃，因为它对高墙是一种危险。

"请别赶走一个危难中的孤儿，请别赶走我！"核桃大声哀求，它的声音大得想要盖过大钟气恼的轰鸣，"我原本打算离开生我养我的树枝，落到一块潮湿的土地上去发芽生长的，不料却撞上了乌鸦这个恶魔。一落进乌鸦贪婪的嘴壳，我就许愿说：要是我能免于一死，我今后决不奢望什么，随便落进个土坑我就心满意足，平平静静地度过我的余生。"

核桃的这番话确实催人泪下，这堵墙差不多难过得要哭了。墙置大钟响亮的警告于不顾，满怀热忱地将核桃收留在缝隙里。

时间一天一天过去，核桃摆脱了惊恐，清醒了，回复了平静，它就开始往下扎根，根须往热情好客的墙缝里抠。不久，核桃的第一批幼芽从裂缝里冒出来。

这些幼芽齐心协力往上长，并且在内部积蓄力量，把自己的枝叶高傲地耸到了钟楼之上。

核桃根须的伸张，首当其冲遭罪的是墙壁。根须能抓会抠，能攀会缠，日日夜夜，一刻不停地扎到所有它们能扎进的地方。渐渐地，核桃的根须撼动古老的墙砖，并且损坏了它们，毫不留情地把它们一块块挤出去。

当钟楼的墙明白过来，原来这看着不起眼的、可怜巴巴的小核桃是多么阴险时，一切都已经太晚。这颗小核桃，它当时口口声声发誓赌咒要人家相信它的余生将过得平静如水、卑贱似草，现在看来这只不过是一种骗取信任的手段而已。此时此刻的墙壁只能怪自己当时轻信了它，痛悔当初不该不听有先见之明的大钟的劝告。

小核桃神态高傲地不停生长着，无情地毁坏着古老的钟楼，一天比一天厉害。

黑猫说文

这个故事告诉我们：很大的钟楼的墙看不到很小的核桃的能量，所以上了当，等它发现自己上当时，已经一切都晚了。"人无远虑，必有近忧"，中国的这句古训所说的也是差不多的意思。

说说看，很小的核桃是用什么办法把很大的钟楼的墙给毁坏的？

纸和墨水

书桌上放着一摞白纸。一天,有人拿笔蘸了瓶里的墨水,在一张白纸上写满了字,还画了很多弯弯曲曲的符号。

"你为什么要糟蹋我,让我的面貌变得这么丑陋?"这张白纸怒气冲冲地质问旁边的墨水说,"你那洗不掉的墨水破坏了我的清白,把我毁了。我被涂上了这么多墨迹,以后还有谁会需要我啊?"

"用不着痛心的!"墨水瓶温和地回答说,"墨水没有让你变丑,也没有让你带上污斑。落在你身上的墨迹,都是有意义的话。从现在起,你不再是一页普通的纸了,你的上面储存着人类的智慧,你也就因此显得重要了,这就是你的伟大价值和你的直接使命。"

心地善良的墨水瓶的话是对的。有一天,有一个人在整理书桌时,发现这堆散乱的、发黄的旧纸,他把它们收拢,正打算一把扔进熊熊燃烧的壁炉里去,忽然他看见了那张"被弄脏了"的纸。这个人小心翼翼地把这张纸放进抽斗里,把它当作智慧的结晶保存起来。至于那些落满灰尘的白纸,就都被随手扔进了壁炉,任凭闪动的火舌把它们吞噬了。

黑猫说文

白,看起来是干净,但是白也意味着它一无所有,空空如也。一旦纸上面储存了人类的智慧和有意义的信息,它就显得丰富而身价百倍了。

人在收拾桌子的时候,为什么爱惜这张墨迹斑斑的纸,把它收藏进了抽斗?

舌头和牙齿

从前，有个小男孩，他沾染了一种某些成年人也会有的毛病。有了这种毛病的人，说起事儿来不知天高地厚，牛皮哇啦哇啦吹得没边儿。

"这舌头有毛病，唉，叫我跟着受罪。"牙齿抱怨舌头说，"它什么时候能学会安静一下呢？"

"我的事儿跟你有什么相干啊？"舌头蛮横地顶撞说，"我给你吃什么，你就嚼什么，别的事，就用不着你多管了。我们之间没有什么共同之处。我不喜欢其他人对我的私事横插一杠子，别人的主意对我能有个好？"

小男孩依旧不停嘴地瞎吹着，越吹越不着边际。

这么吹着，舌头自己是感觉很得意的，它总能找到许多连自己都来不及弄懂的新词儿，有些话听起来要多新奇就有多新奇。

有一天，这位牛皮大王终于尝到了吹牛皮的苦头。他说着说着就收不了场了，居然随口编造谎话去糊弄人。这下，牙齿可再也受不了了，它们上下一下合拢起来，吧嗒——把说谎说得正来劲儿的男孩咬得疼得直叫妈。

舌头被咬破了，流出血来，鲜红鲜红的，怪可怕。小男孩知道这都是因为自己好瞎吹，爱说谎，所以疼还不算，还羞人呢，于是就哇哇大哭起来。

从此，小男孩的舌头学会了谨慎，他要说什么总是先想好了再说。

黑猫说文

"乱嚼舌头"在我国本来就是形容人爱说瞎话，爱搬弄是非，是对一种坏毛病的贬斥。而这篇寓言故事里说得更形象，说舌头有毛病。

说说看，我们在什么情况下，才说人的舌头有毛病？

锁孔里的蜘蛛

蜘蛛把整个房间都巡视了一番,觉得在锁孔这个地方安家最好,就决定在锁孔里安下它的家。

这个地方安全又稳当,可靠又方便!谁也不会想到这里会藏着一只蜘蛛。它尽可以伸出头来打探周围的动静,自己却不会遭到什么险恶的袭击。

"我可以在石头门框上扯起一张网,来捉苍蝇。"蜘蛛得意地打着如意算盘,"还可以在楼梯台阶上再织一张更结实的网,专门捕捉比苍蝇还要肥胖的虫子。另外,房间的几扇门之间,就更适合我拉扯我这精巧的捕蚊器了……"

幸福的设想让蜘蛛激动不已,它觉得如此保险的巢穴，这辈子还是头一回遇到呢。啊，这铁皮包裹的锁孔，简直像一座坚不可摧的城堡。

蜘蛛的如意算盘正这么打着，它灵敏的耳朵听见一阵渐渐走近的脚步声。蜘蛛生性谨慎，它马上爬回到自己的堡垒里去。

回家的主人手里丁零当啷响着一串钥匙。他把钥匙咔嗒一下插进了锁孔，还没等旋转，就把空想家顶死了。

黑猫说文

蜘蛛发现锁孔可以做自己的避难所，既安稳又坚固，躲在里面一定稳当。可要知道，这锁孔不是为蜘蛛躲身而准备的啊，危险在它住进去的时候就存在了。

蜘蛛自己空想一通，最后落得的下场是怎样的？

百 合 花

季诺河流过伦巴底区域的山野和草原，在它浓荫匝地的河岸上，生长着一株浅红色的百合花。它显得那样娇艳，四周五颜六色的野花都谦恭地向它弯下了腰，表示钦敬，绝不让自己的花影去碰触一下它的娇媚。百合花亭亭玉立在野花中间，它在微风中摇曳着，它在季诺河静静流淌的河水中欣赏着自己娇美的倩影。它的艳丽感染了河里的涟漪。季诺河的流水有心要摘走这朵美丽的花儿。

季诺河荡起激情的波涛，奔流翻滚，浪花高高溅起，飞向两岸。不可遏制的欲望驱赶着汹涌的波浪，显出了它勃勃的野心。不过，溅满水沫的百合花依然在季诺河边傲然挺立着，镇静自若，纤秀而结实的花枝上，一如往昔地显映着它无尽的娇媚和妖娆。

季诺河的激浪更加猛烈地冲击着河岸，有的从下面冲刷着河堤的底部。轰隆！一声巨响中，堤岸倒塌，浊流带走了这朵孤独的百合花，花和它的美丽被一同卷进了汹涌奔流的深渊。

黑猫说文

百合花的娇媚本是好事，但百合花过分张扬自己，唯恐人家不知道自己的存在，于是诱发季诺河贪婪的欲望，一场悲剧不可避免地发生了：一份过分张扬的美，被一种邪恶的狂烈欲望吞噬了、毁灭了。

当河堤轰然倒塌的时候，你有什么感触？

牡蛎和老鼠

有一天,牡蛎落进了渔网,被渔人带回了他的家。同牡蛎一起被带回渔人家的,还有其他一些从海里打捞回来的海洋鱼类。

"来到这地方,咱们可就全都完了!"牡蛎伤心地想。它和其他的海洋鱼类躺在这没水的地上,一个个都快渴死了。它们各自徒劳地挣扎着。

忽然,不知从哪个角落里蹿出来一只老鼠。

"慈善的老鼠啊,"牡蛎哭声哀哀地恳求着,"求求你,请把我送回到大海里去吧,不然我很快就要没命了!"

老鼠的狡诈是有名的。它的小眼睛咕噜咕噜转着,似乎流露着同情牡蛎的样子。其实它是在琢磨着:这牡蛎长得很肥，里面的肉一定很厚，并且鲜嫩可口。

"好吧。"老鼠说。它心里想的却是：决不能把这块送到嘴边来的美味给放跑了。"不过，你得把两片硬壳张开，要不，你想，我怎么带你去大海呢？"

老鼠说的这话，骗得了牡蛎的信赖。牡蛎竟没有看出这家伙心里的阴谋诡计，它喜滋滋地张开两片硬壳。老鼠此时当然是说不出有多高兴了，它把它的脑袋伸进了牡蛎壳，它想用它尖利的牙齿紧紧咬住牡蛎的肉，将这美味给撕下来。不料，它匆忙间竟忘了谨慎，它咬牡蛎肉的动作让牡蛎痛得受不了，于是吧嗒一下合上了硬壳，像捕兽夹似的把老鼠的脑袋牢牢钳住了。老鼠痛得吱吱直叫。它的叫声惊动了屋里的花猫，花猫飞扑过来，啊呜一口把这个骗子给咬死了。

黑猫说文

老鼠很滑头，以为自己不露声色诡计就可以得逞，可是既然它要害人，就总要露出马脚，结果遭害的是自己。

说说看，牡蛎求老鼠帮忙的时候，老鼠心里想的是什么？

冰上的驴子

驴子找不着回家的路了。天都快黑了，它还在茫无涯际的旷野间胡乱走动。它走得太累了，身困力乏，恨不得倒地就睡。

这一年冬天特别特别的冷，到处都结上了厚厚的冰。

"我耐不住了，我就在这儿躺下吧。"累得不行的驴子就躺在了冰地上。

这时，飞来一只好心的麻雀，它对着驴耳朵大声说：

"喂，驴子，你不是睡在大路边，你是睡在池塘的薄冰上哩，你快醒醒啊！"

驴子实在太困了，麻雀的劝告它听不进去，它打了个呵欠，又睡迷糊了。

由于从驴子鼻孔里喷出来一股股热气，外加它身上的体温，薄冰就在它身下渐渐融化了。咔嚓一声，冰裂开了，驴子掉进了冰冷的水塘里。驴一惊吓，醒了，想大声叫唤，可惜晚了，可怜的驴子被淹死了。

到一个陌生的地方，万不可轻视别人对你善意的劝告。

黑猫说文

麻雀虽小，但它对它自己赖以生存的地域了如指掌。它对驴子善意的劝告中，就包含了许多很有价值的经验。这篇寓言里，达·芬奇用一条驴子丧命的故事，告诉了我们这个道理：迷信经验是不对的，轻视经验也是不对的。

故事在什么地方告诉我们，驴子是来到了一个陌生的地方的？

猎鹰和公鸡

[俄国] 列夫·托尔斯泰

猎鹰熟悉了主人,听到召唤就飞过去,落在他的手腕上。可公鸡呢,主人一旦走近,就啼叫着跑开了。

"你们公鸡不知道感恩,"猎鹰说,"显然你们是被饲养的家禽,除非饿了,才向主人走去。不像我们野生的鸟类,我们力强气粗,飞得比谁都快,可是我们见到人类并不逃避——我们听到召唤就自觉自愿向他们飞去。我们不会忘记是他们喂养着我们。"

"你们并不逃避人类,"公鸡答道,"是因为你们从来没有见过烤鹰;而我们,却随时都会看到烤鸡。"

黑猫说文

列夫·托尔斯泰为孩子写的故事,其中许多故事现在看来，是他写出来给农奴的孩子读的。

这个短故事里讲的猎鹰，是一种猎人养的、进森林里就把它放出去抓捕林鸟的猛禽。猎鹰抓到猎物就飞回来交给猎人，猎鹰是猎人的活工具。它当然不会知道鸡为什么一见主人就速速逃开。主人养猎鹰和养鸡的目的本来就不同。经验不同、利害不同，态度自然就不同。

用自己的话把这个故事说出来吧。

一眼人和两眼人

日本故事

有一个岛上住着一个懒汉,他的名字叫赛崎。从早到晚,他都躺在一块破草席上,嘴里不住地嘟哝着什么。

"你嘟哝些啥呀,赛崎?"人们都为他感到羞耻,"你最好还是去干活吧。"

赛崎回答说:"我整天都在念经,祈祷众神为我消灾免难。众神有朝一日听到了我的祈祷,就马上会给我赐降幸福的!"

有一天,赛崎听说相邻的一个岛上住着一些一眼人。

懒汉这下可乐了:"天神听到我的祈祷了,他给我降福了!我这就动身到一眼人的岛上去,拐骗个一眼人丑八怪上我的船，运到这里来赚钱！"

邻居对他的主意感到莫名其妙："你要把这样的人弄来干啥？"

"我把他锁在笼子里，运到各地区展览，谁要看谁出钱。没有人会不想看看这样的丑人的。"

懒汉坐上了船，向邻岛出发。

他一脚跨上岸，立刻就看到一个他要找的人——一个一眼人正向他走来。

"啊，运气真不错，我的财富在向我走来。"赛崎心里美滋滋的。

狡猾的懒汉向那个一眼人深深鞠了一躬，假惺惺地微笑着说："我多年以来，都向往着能遇到像您这样的人——一看就让人感到愉快……"

一眼人用他横在鼻子上方的一只眼把赛崎打量了一番，很有礼貌地说："我也早就希望遇到像您这样的人了。"

这时候，狡诈的懒汉说："我恳切地邀请您去我家做客。快请上船到我家去吧！"

一眼人回答说："十分感激您盛情的邀请。可首先，得由我恳切地邀请您，希望您能赏光去敝舍一坐。我的四邻八舍都将因结识您而高兴万分。"

"很高兴到贵府一坐。"赛崎一边说，一边在心里暗暗自语：明天你将坐在我的笼子里，银子会源源不断向我滚来。

当赛崎的脚跨进一眼人家的门槛，房主人的几个兄弟就把他团团围住，争先大喊道："快来看哟，这人有两只眼睛！来看这样丑得出奇的人！他是从哪里冒出来的呀？"

"我这就告诉你们，不过你们得赶紧把他牢牢绑起来。"房主人说道。

赛崎还来不及眨眨眼，就已经被七手八脚捆起来，动弹不得了。

于是一眼人告诉他的兄弟们：

"大家可以高兴了！咱们艰难的日子终于熬到头了。我们把这怪物装进笼子里，谁要看谁出钱。没有人会不想看看这个奇怪的两眼人的。"

不到一个钟头，赛崎已经坐在笼子里了。一眼人岛的居民统统拥过来，争先恐后地来看长着两只眼睛的怪人。每个来看的人都给笼子的主人一块钱。

　　懒汉赛崎就这样被人家弄去赚钱了，他的一生也就这样完了。

黑猫说文

　　赛崎万万没有想到，这世界上竟还有没见过两眼人的，两眼人在一眼人的国度里正是稀罕物，他的倒霉正在这里。

　　一眼人和两眼人打的是同一个主意。说说看，是什么主意？

猫头鹰怎样学唱歌

爱沙尼亚童话

古时候,所有鸟儿的鸣叫都是同一个调儿。这样,一切都乱了套。往往发生这样的事,鸽子听见美妙的鸽子叫,就想,这是自己的朋友在用银铃般的嗓子唱歌哩。但顺着歌声飞扑下来的却是老鹰的利爪。红胸雀呼唤自己的小鸟,可应声而来的却是小灰雀……到后来,鸟儿们觉得再这样下去日子就没法过了。于是大家商定,编出各种各样的曲谱来,放在一只大木箱里,每只鸟儿按次序抽取一个曲谱,抽到什么歌,就唱什么歌,并且世世代代传下去。

鸟儿们约定的抽取曲谱的时间一到,森林里的鸟儿就从四面八方飞集到同一地点来,可热闹了。

只有猫头鹰姗姗来迟。他们都是些大懒虫,顶爱睡懒觉。向约定地点飞来的鸟儿，在路上看到两只在树枝上打瞌睡的猫头鹰，就招呼他们同去，但他们只是半睁着圆溜溜的大眼睛，当中的一只说：

"着什么急嘛，最好的曲谱必定是最长的，因此也必定是最沉的。它们必定被塞在箱子底层，那些最好听的长歌，就留着我们去取吧。"

他们磨磨蹭蹭的，懒洋洋的，到傍晚时分才飞去领取曲谱。可是一看箱底，已经空空荡荡，啥也不剩了。所有的曲谱都被鸟儿们拿走了。就这样，猫头鹰们什么曲谱也没领到。

没有曲谱怎么挨过这一辈子呢？他们面面相觑，不知道今后的歌该依着什么曲谱而唱。他们苦恼极了，最后，他们说：

"咱们自己想个歌调儿来唱唱算了。"

但是要编歌的曲谱又谈何容易啊！他们一会儿把声音扯得很高，刺得耳朵难受；一会儿降得很低，嘶哑难听。他们编出这样不成调儿的东西，还高高兴兴地自己给自己叫好呢！这时忽然传来梅花雀的歌声。

唉，就是可怜的梅花雀所唱的歌儿，也比猫头鹰们编得最悦耳的乐段要好听得多呀！

猫头鹰们灰心丧气了。然而他们周围的鸟儿从早到晚不住声地唱呀唱，唱个不停。他们真羡慕死了！

一天晚上，一对猫头鹰女友在村外林子里相遇，各自诉说着没有歌调儿的悲哀心境。这时，其中的一只猫头鹰说：

"咱们干吗不去向人家学学呢？"

"嗯，这倒是个好主意，"另一只猫头鹰说，"我刚才听说，今晚有个小村子的一户人家要举行婚礼。我知道，婚礼上人们唱的都是最好听的歌儿。"

她们这么说，就真的这么做了。猫头鹰飞进了村子，落在举行婚礼的人家的院子里，蹲在靠近农舍的苹果树上，静静地倾听着。可是，她们的运气也真不好，闹洞房的客人们偏偏就不唱歌。

她们俩在树枝上蹲得有些不耐烦了。

"看来，咱们不能从这里学唱歌了！"一只猫头鹰说。她们灰心得已经准备各自飞回去了。

恰在这时，门咿呀一声开了，传出来一阵喧哗声，有个人兴高采烈地跑出来，大声大气地喊道：

"呜——呜——呜！"

"妙极了，这就是我的歌；妙极了，我就这么唱！"一只猫头鹰赞不绝口。

"好啊，"她的女友回答说，"那么，从此以后你就这样唱吧！"

这时，马厩里有匹马醒过来。他一醒就大声打响鼻：

"咴儿咴儿——"

"这就是我的歌，我的歌就这样唱！"另一只猫头鹰立即大叫起来。

两只猫头鹰都高高兴兴地飞走了，她们想早些飞回自己的林子里去，好在其他的鸟儿面前夸耀自己美妙的歌调。

所以，直到如今，每到夜间，你无论是走进松林，还是走进桦树林或枞树林，都能听到猫头鹰们在此呼彼应地叫。

一只叫：

"呜——呜——呜！"

一只和：

"咳儿——咳儿——咳儿！"

这就是古时候的猫头鹰从人类的婚礼上学来的歌。

黑猫说文

林子里的鸟，各唱各的歌。猫头鹰的歌其实也跟人家不同，也能一下就听出这叫声是猫头鹰的，只是难听，谁也不爱听。夜间听着让人感觉毛骨悚然的，也就是猫头鹰的歌了。故事说的是，猫头鹰就不该在没有调查研究的情况下，自己妄作推测，做没有根据的设想。

谁都喜欢自己的歌好听，好听的歌为什么偏偏猫头鹰没有？

蜘蛛的细腰

非洲童话

传说，在同一天里，将有两场婚礼同时举行：一场在凯贝镇，另一场在加彼镇。

"我去吃哪家的婚宴好呢？"蜘蛛阿南齐心里寻思着，"我的肚子太饿了呀。这两家我都要去吃。"

蜘蛛阿南齐先到凯贝镇去打听。

"你们这里什么时候入席开宴？"他问当地的人。

但谁也不能告诉蜘蛛确切的开宴时间。

接着阿南齐折回头，到加彼镇去打听婚宴的开始时间。

"客人们都快入宴了吧？"他问。

可也得不到确切的回答。

他就这样在两个镇之间跑来跑去，累得都站不稳了。

于是，蜘蛛阿南齐买来一根绳子，像腰带一样拴在自己的肚子上。然后唤过他的两个儿子，一个名叫尹基库马，一个名叫茨英。他把绳子的一头交给尹基库马，说："你到凯贝镇去。"他把另一头交给茨英，说："你呢，到加彼镇去。"

他叮嘱两个儿子："婚宴一开始，你们就拉绳子。"

"看来，只有用这个办法，我才吃得成两个镇上的婚宴。"阿南齐心里暗暗得意地想。

蜘蛛阿南齐以为自己想出的这个办法绝好。他开始等待，看两边的绳子哪边先拉动。

世上偏有凑巧的事，凯贝镇和加彼镇两地的婚宴都在同一时刻开始。尹基库马忙把父亲向自己这边拉，茨英也在同一时刻急着往他这边拉。由于两边用力一样大，可怜的蜘蛛阿南齐在原地一动也不能动。两个儿子各拉着自己的一头，越拽越急，越急越用劲。直到婚宴完毕，他们赶忙跑回家来，看父亲究竟是怎么一回事。

两个儿子回到家，看见父亲还坐在原地，一动也不动，只是肚子被绳子勒成了细细的一条线。从此，蜘蛛的后代也都是这副模样了。

黑猫说文

阿南齐是非洲故事里经常讲到的一只蜘蛛的名字。另一个故事里说，阿南齐把天下所有的智慧都装在一个瓦罐里，放在树上，想让世界上的聪明就它一个独有。好在有一天瓦罐从树上摔下来，智慧才散布到全世界。从这个故事看，说它聪明好像也不错，只是聪明一旦同贪婪搅和在一起，就聪明反被聪明误，让它的腰身都细得像要断成两截似的了。

用你自己的话，把这个故事讲出来。

大富翁和鞋匠

[苏联] 克雷洛夫

很阔气很有派头的房子,叫豪宅。豪宅里住着很有钱的商人,一个大富翁。大富翁天天吃的是美味佳肴,喝的是名贵佳酿,经常大宴宾客,金银财宝多得数都数不过来,糖果经常因多得吃不完而霉变了。总而言之,他家就是地上的天堂。

但这个大富翁却为自己不能安眠而苦不堪言。也许他是害怕上帝的审判,也许他只是担心有朝一日会破产,反正,他总也睡不香。好不容易睡着了,可又碰上倒霉的邻居是个特爱唱歌的人,天一亮就大放歌喉。

和大富翁对门住在棚屋里的,是个穷鞋匠。他天生爱唱歌,爱逗人乐。他唱歌不分时间,从睁眼唱到闭眼，除了吃饭，他都在唱。这无休无止的歌声，弄得大富翁根本没法儿打上个盹儿。他也没有法子对付鞋匠的歌声，让鞋匠改掉唱歌的习惯。禁止人家吭声，他没这权利。他求过鞋匠，可鞋匠不理会。他思来想去，终于琢磨出一个办法：派人给鞋匠送过去一个请帖。

鞋匠来了。

"敬爱的朋友，你好吗？"

"多谢您的问安。"

"克林姆老兄，怎么样，你的鞋生意好吗？"（就为了需要你帮忙，我才打听到你的名字叫克林姆。）

"生意吗？还不错的，老爷！"

"你就是为这缘故，天天这么开心，这么不停地唱吗？你的生活准过得很幸福吧？"

"我不喜欢抱怨我的命苦，这也让您感到奇怪吗？我天天都有活干，老婆又年轻又体贴我，谁不知道这个道理呢——家有贤妻，其乐无比。"

"那么，钱很多吗？"

"不不，我一文多余的钱也没有，不过这倒是省了我许多麻烦。"

"那么，我的朋友，你可想过让自己过得富足些呢？"

"我没这个意思。上帝给我这些虽不算多吧，但已使我感激不尽了。老爷，您是知道的，一个人只要他还活着，哪有不想过得富足一些的呢。您的财宝已经这么多了，心里总还嫌少吧？我如果能富有些当然好，哪有谁不想富有的啊。"

"你这么说就对了，好朋友。虽然家财万贯也总还有不称心如意的地方，虽然我们明白'贫穷不算罪过'的俗话，但是你安于贫贱归安于贫贱，钱财总还是多些的好。你拿这口袋钱去吧！你的诚实让我打心眼儿里喜欢你。巴望你能在我的扶持下发家致富，但愿如此。不过你得注意，这钱你可别大手大脚一下就花掉，你要等不得不用它的时候才拿出来用！这里是五百块钱，一分不少的。再见！"

我们的鞋匠别提有多高兴了，他提起钱袋就转身回家，他走的速度不是在跑，而是在飞！他把钱袋紧

152

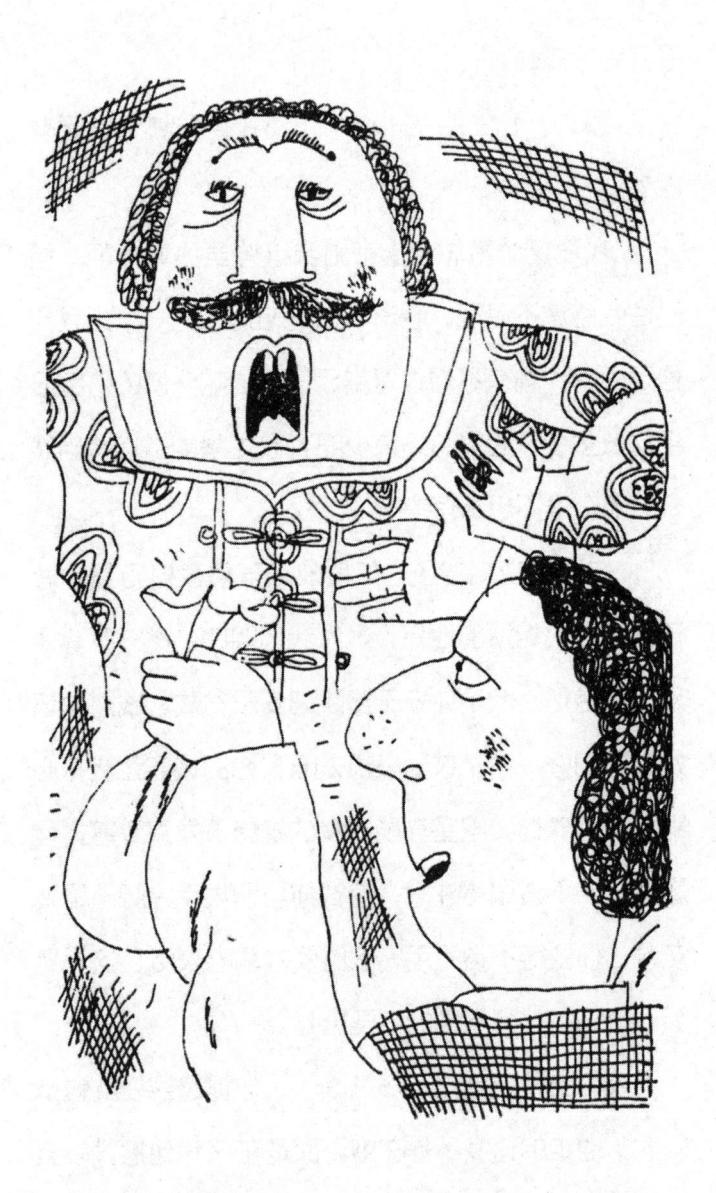

紧揣在自己怀里，连夜把它埋在了地板底下，可他乐颠颠的劲儿也随钱袋埋掉了。从这时起，他不但歌唱不起来，连睡觉也睡不着了（他终于尝到了失眠的苦头了）！没有风吹草动他担惊受怕，有了风吹草动他简直就心惊肉跳。小狗半夜里搔搔脸，他就以为是贼来了，于是就立刻浑身发冷，竖起耳朵细听动静。

总之，他的生活全给毁了，他恨不得一头钻到河里去。

鞋匠为摆脱这份痛苦而伤透了脑筋，最后，终于让他想出了个好主意——他抓起钱袋就去找那个大富翁，说：

"我感谢您的一份好意。瞧，这是您的钱袋，一分不少，您请收回吧！在没有您的这袋钱之前，我不晓得睡不着的滋味。您还是跟您的钱财过日子去吧，我要我的歌，我要我的梦，钱，给我一百万我也不要！"

黑猫说文

克雷洛夫是世界最伟大的寓言作家之一。他的寓言在十九世纪就已经传遍世界了。克雷洛夫是俄罗斯民族的一份精神骄傲。

钱这东西，可以让人快乐，也可以让人不快乐。"钱越多越好"是大富翁的逻辑和信条，但是鞋匠钱一多，就不但唱不出歌，连日子也得在心惊肉跳中度过了。鞋匠知道自己上当了。"我要我的歌，我要我的梦"！鞋匠把烦恼还给了大富翁。

说说鞋匠从有歌的日子到无歌的日子的过程。

鹰 和 鸡

[苏联] 克雷洛夫

为了尽情欣赏白昼那明丽的风光，鹰翱翔在广阔的云天，它在那孕育雷电的地方漫游，怡然自得。

后来，这鸟中之王从高高的云端滑翔下来，栖息在矮小粗陋的烤谷房上，虽然这停息的地方对鸟中之王来说，是并不般配、并不相称的。可鹰也许是出于一种不为他人所理解的古怪念头，也许是真的赏识这矮小的烤谷房，也许是在高枝和危岩都找不到合适的栖息之所。究竟鹰是怎么个想法，我也不甚了然。只见它在这烤谷房顶驻足了一小会儿，就又飞向另一处烤谷房顶。

一只浑身羽毛蓬乱不堪的抱窝鸡把这情景看在眼里，不由得感慨万端，同邻近那亲家母说长道短，议论起来。

"亲家母，咱们凭什么把鹰抬举得这么高？就凭它会飞？老实说，我要想飞，也能从这幢矮屋飞到那幢矮屋。往后，咱们可不能再那么傻乎乎的，一个劲儿把鹰尊奉为显贵的鸟类，它又不比咱们多条腿、多只眼。它飞得低的时候，也就跟咱们鸡一样。"

鹰对鸡那喋喋不休的胡话听不下去了，它忍不住开口对蓬毛鸡说：

"你说得对，只是并不全对。鹰有时是飞得比鸡还低，然而，鸡却永远不能擦着云朵飞翔！"

黑猫说文

"鹰有时是飞得比鸡还低，然而，鸡却永远不能擦着云朵飞翔！"这个寓言故事的核心思想，就包含在这句话里。这是克雷洛夫为人类创造的一句格言。当丑陋的蓬毛鸡忘乎所以的时候，就应该用这句话去提醒蓬毛鸡。

鹰并不是一开始就拿自己来跟鸡比，到什么时候鹰才不得不跟鸡作一番比较呢？

蓝鹭小姐丢脑袋的故事

[美国] 赫伏斯坚科

一个暑热天，兔哥家族上空袭来了一场风暴，最后的也是最猛烈的一阵狂风，竟刮来了一只天蓝色的鹭鸶，这只鹭鸶被抛落在一片沼泽地里。

原来在这一带居住的鸟兽，谁也不曾见过鹭鸶这种鸟。沼泽地的居民多不胜数，却没有一个居民是鹭鸶熟识的。她本来住在离这儿很远很远的一片沙滩上，靠着一条著名的大河南岸。她在她家乡是遐迩闻名的爱时髦的女郎，向来以穿着入时著称。这回既是风暴把她刮来，她那美丽的容貌难免受到了莫大的损伤。但是她的双脚在沼泽地一站稳，头一件事就是连忙开始修饰梳妆。首先，她把自己头上很合时宜的刘海梳理好，然后用长喙调整被狂风刮得七零八落的羽毛。

一直打扮到她自己觉得上上下下、头头尾尾看起来无一处不妥帖,这才傲然环视四野,接着动身去熟悉沼泽地环境,结识当地居民们。

她看到的第一个沼泽地居民是兔哥。她走到兔哥身边,同他攀谈起来。

"晚安!你们这个地方倒是挺不错的嘛。"

"我们的这片沼泽地当然好极了,天下找不出第二个!"兔哥对鹭鸶有保留的称赞不太满意,就自个儿夸起他们的沼泽来。末了,他说:"我是兔子,您叫什么名字?"

"我的名字叫蓝鹭,你就叫我蓝鹭小姐好了。我从大河那边飞到这儿来——当然,不是我个人自愿的。不过,你不反对的话,今晚我就在这儿住下了。"

"请吧,鹭大嫂子。我们这地方大着呢。"

"哎,可千万别管我叫'大嫂子'!要叫我'鹭小姐'——Miss Lu!"她因为被兔子叫大了年纪而一肚子不高兴,"你可要知道,我还没有出嫁哩。"

"哦,请原谅,鹭小姐,我让您不高兴可不是有意的。说实在的，您个儿这么大，人家还会以为您不但有了几个孩子，连孙儿孙女都有一大群了呢。"

这时兔哥对这位不请自来的大个儿细加端详，可鹭小姐毫不理会，自管往前高视阔步。

她在自己的家乡习惯于在蔚蓝的茫茫水域中悠悠行走，每走一步都把脚抬得很高，到这里，她还按她的老习惯走路，虽然因为气候炎热，沼泽地的水只剩很浅一层了。乌龟老奶奶有心要与她拉拉家常，以表示一下欢迎之意，可她差点儿从乌龟老奶奶身上踩过去。当她往前走时，那腿就抬得更高了。

她就这样巡视了全沼泽地，每见一个居民就把自己给介绍一番，说明她是个未曾出嫁的小姐。

天很快黑了下来，沼泽地里的鸟儿都各自睡觉去了。使鹭鸶诧异到难以想象的是，她发觉本地鸟儿睡觉时都把头摘了下来，至少在昏暗中她看起来是这样一种情形。其实，这里的鸟儿们只不过是把头藏到翅翼底下，以便安稳地睡眠罢了。

鹭鸶从来没有这样睡过，因此她推想，这定然是这一带地方流行的时髦风尚。

但是当鹭小姐向沼泽地边的丛林扫视时，她看到一对鼓突的眼睛在盯着她。这是兔哥。而鹭小姐却把他看成了一只蛤蟆，所以，她不但没上前问好，反而伸出长喙向那鼻梁啄去。啊，这下可把兔哥惹恼了！

"岂有此理！"他大叫道，"你差点儿把我的眼睛给啄瞎了！你算什么玩意儿！你要在这里干什么？"

鹭鸶先是大吃一惊，但是一看清在她面前的是从不伤害他人的兔子，就傲气十足地回答说：

"我真不明白你为什么要这样大叫大嚷。我是这里的稀客，谁都叫我鹭小姐。"

接着，她用嘲弄的语调补充说：

"我真不明白，你有什么必要把自己装成蛤蟆呢？"

对兔哥来说，很难想象还有什么比嘲笑他为"蛤蟆"更叫他气恼的了。但是对客人总需以礼相待吧。兔哥把气恼压在心底，说：

"您对这里的一切都还陌生，鹭小姐，您对您看到的许多事物都感到奇怪，这可以理解。我一辈子都生活在这个地方，可直到如今，我对有些风尚都还感到不可思议呢。"

鹭小姐相信兔哥对她很和善，就又问他：

"请你告诉我，为什么这里所有的鸟睡觉时都不见脑袋呀？"

"怎么不见脑袋？"

"就是这样，没有头。他们准是在睡觉之前都把脑袋摘下来。这一定是这儿流行的时髦风尚吧？"

"是的，是的。这一带近来是时兴这种风尚，都认为挺时髦的。所以鸟儿每到要睡觉时，都必先把头摘下来。"

"想想吧，这该多有趣！"鹭小姐不由得为之大声叫绝，"这时髦的风尚没有流行到我们那边。可请你告诉我，他们是自己把头摘下来的，还是托理发师帮忙给摘的？"

"摘起来最麻利的自然是医师。"兔哥意味深长地微笑着说，"这里有专门干这种行当的好把式。"

兔哥开心地笑了一阵,就跑回家去了。

然而这位鹭小姐却很想把这番有趣的谈话进行到底。她找到鹬鸟。鹬鸟一直在旁边转悠,刚才兔哥和鹭鸶的对话,他全听见了。

"鹬鸟先生,你能不能给我推荐一位高明的医师……要不,说实在的,大家睡觉时都摘下脑袋,就我一个连着头睡觉,不太那个吧。"

鹬鸟这时发现狼先生向沼泽地走来,就回答说:"您就请教那位先生得了。那是狼医师。他在这方面可是个大学问家呀。"

说真的,鹬鸟也不会想到,鹭小姐会真的想要把自己的脑袋摘下来。然而对鹭小姐来说,时髦是高于一切的。她把人家的笑话当了真,一本正经地向狼先生走过去,说:

"对不起,你是狼医师吗?"

"是啊,我是狼。"他随口回答说。可是他十分惊异,为什么这个长脚杆的陌生婆娘会把他叫作"医师"。

"我是鹭小姐,"蓝鹭自我介绍说,"你的一位朋友在我面前推荐你。现在我想睡觉了，可睡觉前得把头摘下来呀。"

狼先生瞥了一眼蓝鹭那又长又尖的嘴，情不自禁地往后退了几步。

"莫不是，您是要摘我的脑袋吧？"他嗫嚅着说。

"嗨，医师，你可真会开玩笑！不是摘你的，而是把我的摘下来，当然，请你按时兴的式样给我摘。你不愿帮我这个忙吗？"

"我非常愿意。"狼先生回答着，向她走近了几步，他这时才弄明白原来是有谁跟这位鹭小姐开了这么个玩笑。

"您吩咐吧，要留长点儿还是留短点儿？"他打量了一眼蓝鹭伸过来的长脖颈，又问。

"多长时髦，就留多长吧。不过，你告诉我，摘的时候不疼吗？"

"不习惯的时候，可能会稍稍有点儿疼。"狼先生回答道，"可到第二回就什么感觉也不会有了。亲爱的，您把头颈放低点儿，好，就这样……"

这个故事怎么了结就不用明说了。每当沼泽地的鸟儿们回忆起蓝鹭小姐的时候,就总是说她追求时髦到了丧失理智的地步,甚至把自己的脑袋也给弄丢了。常常提起这一点,可不是没有道理的啊。

黑猫说文

蓝鹭小姐太爱虚荣、太爱追逐时髦,竟去相信当地的鸟儿睡觉时都是摘下脑袋的,所以她也非要赶这个时髦不可,非要让狼给她摘下脑袋不可。故事要讲得这样夸张,听起来才有味道,才能被我们长久地记住。

说说看,蓝鹭为什么坚信摘下脑袋来睡觉是最时髦的?

独 眼 鸟

[苏联] 谢尔盖·米哈尔科夫

弗莱德丽卡今天情绪不好。小姑娘总觉得不顺心,心里老觉得烦。妈妈贴在窗玻璃上的那条很好看的纸船,晚上叫风一吹,一根桅杆给吹飞了。洋娃娃柯莱塔的鼻子埋在沙发里,默默不语。五彩积木的彩漆也磨掉了。她的老朋友长耳朵狗时不时点点它那正方形的脑袋,想逗弗莱德丽卡发笑,可小姑娘连看都不看它一眼。她感到太不自在了。并不是什么愿望没有得到满足,她就是自己心里烦。

从花园里传来斑鸫鸟的歌声。

"它为什么总是在唱歌?有什么事让它天天都那么开心?"弗莱德丽卡自言自语地说。

后来她觉得应该看看窗外,瞧瞧那只唱个不停的斑鸫。

弗莱德丽卡看到斑鸫在一棵老苹果树上。它快乐地从这根树枝跳到那根树枝，又在树枝上走一阵，停一停，又走，又跳，一直不住声地唱。

弗莱德丽卡来到花园里，走到苹果树跟前。

"斑鸫鸟！哎，斑鸫鸟！你都乐什么呀？"弗莱德丽卡大声问斑鸫，"喂，你倒是说话呀！"

斑鸫把头扭向一边，漂亮的黑眼珠滴溜溜一转，瞅了小姑娘一眼，接着伸长脖子，唱得更响亮了。

弗莱德丽卡使劲儿拍了拍巴掌。

"斑鸫鸟！哎，斑鸫鸟！你听我说！"

斑鸫跳到最高的那根树枝上，在上面走来走去，唱着歌，却不回答小姑娘的问话。现在，弗莱德丽卡只勉强看得见它的尾巴尖了。

"可爱的斑鸫！"小姑娘只得有礼貌地说，"你下来，飞到低枝上来，跟我说说话吧！"

斑鸫往低枝上跳了三下，停在小姑娘的头顶上。

"你走开些！"鸟儿要求小姑娘往后站站，站远些。

"好的，我走远些！"小姑娘顺从地说着，往后退了两步。

斑鸫又唱起歌来。

"请告诉我，你为什么这样不停地唱歌？"弗莱德丽卡十分诚恳地请求道。

"因为我快活呀。"斑鸫回答说。

"为什么你总是快活呢？"

"因为我天天心满意足。"

"可为什么你能天天心满意足呢？"弗莱德丽卡追问道，"我可一早起来就觉得没意思。我总是觉着烦。什么都提不起我的兴致。"

"那你就像我这样啁啁啾啾地唱吧！"斑鸫给小姑娘出主意。

"我不会啁啁啾啾地唱。我倒是会唱几句，可我很少唱！"弗莱德丽卡说，她的眼眶里闪着泪花儿，"你说你天天都心满意足，我怎么也不明白……"

"现在你站得离我近些吧！"斑鸫看到了小姑娘的真诚。

"有多近？"小姑娘不清楚。

"站到那朵蘑菇上面，你看离苹果树不远处长着一朵大蘑菇。"

"可那样会把蘑菇踩坏的！"

"你踩不坏它的！站吧，照我说的做。"

弗莱德丽卡小心翼翼地把一只脚轻轻放在大蘑菇的帽子上。嘿，怪了，那蘑菇不但没被踩碎，而且在她两只脚站上去后，那蘑菇竟还奇怪地徐徐向上升起，就像电梯似的。眨眼工夫，弗莱德丽卡就站得和斑鸫鸟一样高了。

"坐到我身边来！"斑鸫鸟说着，自己移到了一根更粗的树枝上。

弗莱德丽卡顺从地坐到那根粗枝上，身子紧挨着斑鸫鸟。蘑菇一下消失了，没影儿了。

"啊——"弗莱德丽卡往下瞟了一眼，立刻害怕起来，"这下，我还怎么回到地面去呢？"

"不必担心！"斑鸫说，"蘑菇会再升起来的！"说完又唱起歌来。

"我同你说话的时候,你总可以不唱了吧?"弗莱德丽卡有点儿生气了,"现在你总可以回答我的问题了,为什么你天天都这样快活?"

"我快活,因为我跟你不一样,我对什么都满意!"斑鸫鸟兴致勃勃地回答道,"我快活,因为我两只眼睛中,只用一只眼睛看东西。我是一只独眼鸟!"

弗莱德丽卡一下子想了很多。

"我不明白你的话!"她说完,又陷入了沉思。

斑鸫鸟晃了晃脑袋,又唱起来,唱了一阵,又说:"我可以向你解释我快活的原因。这事很容易明白的。生活中,什么事都有两面:美好的一面和丑恶的一面。因为我只用一只眼睛看,我就只看到生活的一个方面,而我看到的又总是美好的一面。这就是我无忧无虑的原因。我特别喜欢太阳!你喜欢太阳吗?我能把太阳光从喉咙里吞下去!"

弗莱德丽卡有些不明白,她想了想说:

"妈妈给我缝了件无袖长衫,好让我的脖颈和双臂都露出来。这倒叫我开心——可以让阳光晒着我的脖颈和双臂！可妈妈却说，直接晒太阳很危险，会把皮肤烧坏的！"

"你妈妈这样说，是因为她用两只眼睛看事物！"斑鸫自信地说，"我只用一只眼睛看。我只看到好的一面。我对你说过，我要吞食阳光，是吧？"

"你说过，可你怎么吞呢？"弗莱德丽卡疑惑地问。

"我张嘴，太阳的光就把我的喉咙照得金灿灿的！"斑鸫解释说，"所以我能唱得这么好听。"

"那么，下雨天呢？"

"那我就一直唱，一直唱，直唱到太阳回到天空来。它一回到天空，就又会把我的喉咙照得金灿灿的了。我啼唱，我快活，对什么都满意。你明白了吧？"

"是啊，你是独眼鸟嘛。"弗莱德丽卡并没有弄明白斑鸫的话。

"像你那样有什么好呢？要都像你们两眼人那样，个个都觉着烦，对啥都不满意，整天都气呼呼的，那才不好呢！"

"那么，好吧！"弗莱德丽卡说，"你就只用一只眼睛看吧。今天咱们谈得够多的了。我怎么才能下到地面去呀？说实在的，我一点也不喜欢和你交谈。"

"那就再见吧，云雀！"斑鸫说着，自己飞上了大柳树的树梢。

这下弗莱德丽卡看不见它的身影了，只听得它的啁啾声一串一串从大柳树的树梢飞过来。那朵蘑菇没有再在苹果树下出现。看来，它是被山羊吃掉了。弗莱德丽卡只得叫妈妈来帮助她了。

妈妈来了。她去扛了把梯子靠在苹果树干上。弗莱德丽卡顺梯子下到地面。她一句话也不说，直接跑进了家里。妈妈被弄糊涂了，她的小闺女是怎么爬上苹果树的呢？

"你好，斑鸫！"第二天，弗莱德丽卡又来到苹果树下。

"你好，弗莱德丽卡！"

"斑鸫，你倒是告诉我，为什么那天你把我叫作'云雀'。"

"我不止一次听过你笑。你并不总是闷闷不乐的，你会笑。当你咯咯笑起来，你的笑声立刻使我想起云雀的啁啾啼啭。可有时候，你忽然任性哭起来。说实在的，你哭起来的样子可不太好看哟！"

"我老抬头跟你交谈太吃力了。"弗莱德丽卡说，"你跳到低枝上来吧！"

"你升到我这儿来吧！"斑鸫提出相反的意见。

"哦，不行。"弗莱德丽卡说，"上一次你就骗了我，那蘑菇没有再升起来接我下去。我只得求我妈妈帮助了。"

"我今天不想飞了！"斑鸫说。

"那我怎么上去啊？我可不是鸟，也不是蝴蝶！"

"这很简单，你闭上一只眼！"

"干吗？"

"我不喜欢你老提问题。"斑鸫生气地说，"一只眼说你会飞，另一只眼说你不会飞。闭上那只说你不会飞的眼睛吧。"

弗莱德丽卡试着闭上眼睛，双臂往两边伸开，挥动着，扑扇着，可全白费劲，脚还站在地面上。

"你看见了，斑鸫！我压根儿就飞不起来！"

"当然，我看见了！"斑鸫说，"你刚才不是闭上一只眼，而是两只全闭上了，那样当然就飞不起来了。我要你只闭上左眼，让右眼睁着。"

弗莱德丽卡按斑鸫说的做。她闭上左眼，右眼睁得大大的，同时往两边伸开臂膀，像翅膀似的扑扇着。果然，她立刻离开了地面，往上升腾了起来。

"这儿，这儿！坐到我这根树枝上来！"斑鸫鸟大声招呼着，它挪了挪身子，给小姑娘腾出个位子来，"看见了吧，飞起来并不难的。只要你想飞……"

弗莱德丽卡家正在大扫除。湿抹布、新扫帚、地板刷、吸尘器，全用上了。妈妈把抹布的水拧干，看了看弗莱德丽卡。

"丫头！为什么你闭上一只眼睛？"妈妈问。

"为了快活。"

"你的想法可真怪。谁给你出的这个主意？"

"斑鸫。"

"什么斑鸫？"

"独眼斑鸫。"

"新鲜。"妈妈耸了耸肩,"不过,要是斑鸫真是这么对你说的话……难道这不碍你的事吗?"

"一点也不碍的,妈妈!"

弗莱德丽卡又闭上了左眼,这时,右边的一筒卷好的地毯倒下来,恰恰倒在她身上,把她推挤到水桶上。

"别哭!"妈妈说,"不过这回你记住了,只有在和独眼鸟相会的时候,你闭上一只眼才是有用的。"

从清早起,弗莱德丽卡就没有听见她那位鸟朋友的歌声,她感到很不安:它没有飞离花园吧?它会不会把她给忘了呢?

吃过午饭,她跑进花园,在所有的树木中仔细查找了一遍。但哪儿都找不到斑鸫鸟的身影,也听不见它的歌声。

它可能飞到邻居那里去了吧?弗莱德丽卡琢磨着。可是,她的几个好朋友的家,夏尼娜家、莫妮卡家、罗热家、菲利普家,她一家一家全都去了,他们的花园里都不见斑鸫鸟。弗莱德丽卡大声呼唤:

"独眼斑鸫！你在哪里？你在哪里呀？"

"我在这儿呢。"从高处忽然传来独眼斑鸫的声音。

弗莱德丽卡一抬头，望见了自己的独眼朋友。它蹲在屋顶边缘，一个劲儿发疯似的摇晃着脑袋。

"你怎么啦？"弗莱德丽卡急切地问，"我一早就在找你。你有什么不对劲儿吗？"

斑鸫把脑袋摇晃得更厉害了。

"一阵风，把一粒沙子刮进了我睁开的那只眼睛里！现在我只得闭上这只眼了，这样我不得不睁开另一只眼睛来用，以免飞行时撞着树什么的。于是我见到的全都是不好的、不称心的事儿！啊，我多不幸啊！"

"哟，傻瓜蛋！"弗莱德丽卡说，"你飞下来，我能把你眼睛治好。"

斑鸫从屋顶飞了下来。

"你给我一根羽毛！"弗莱德丽卡提出要求。

"你自己拔就是！"斑鸫咕哝了一句。

弗莱德丽卡从斑鸫尾巴上拔下了一根细小的

羽毛。

"睁开你那只落进沙子的眼睛！"小姑娘说。

斑鸫使了好大劲儿，才微微睁开了那只眼。一大颗眼泪从眼眶里滚出来，正好滴落在小姑娘手上。

"多扫兴啊！"斑鸫长叹了一声说，"好难受哟！"

"你忍着点儿！"弗莱德丽卡说。她用羽毛轻柔地扫动着斑鸫那闪亮的黑眼珠。

"哈，你瞧！"弗莱德丽卡说，"虽说是这么一粒小小的沙子，可落进眼睛里你却觉得很大很大。我清除了它，你就会轻松了！"说完，弗莱德丽卡开心地笑了起来。

斑鸫啄了一下小姑娘的手指，飞上了樱桃树的一根低枝，吃着枝头上的樱桃果儿。它又感到自己很幸福了。

"生活多么美好！我又能快乐又能欢唱了！我看见什么都觉得美好的这只眼睛又睁开了！"它唱道。

"你应该感谢我才是！"弗莱德丽卡大声说，"看你不说感谢，还啄了我的手指，啄得我好疼！"

"闭上你那只看到坏处的眼睛,就一切都会过去的,就不会觉得疼了!"斑鸫高兴地说。

"昨天夜里,我听到夜莺在唱!"弗莱德丽卡对斑鸫说。

"夜里应该睡觉。"斑鸫说。

"我醒过来就睡不着了。夜莺一直唱,一直唱,唱个不停。"

"你为什么认准是夜莺在那里唱呢?"

"妈妈也醒了,她说,你听,夜莺唱得多动听啊!"

"它唱的,比我还好听吗?"斑鸫不以为然地问。

"那倒也不。"弗莱德丽卡回答说,"它的歌是另一种味道。听你唱,我就不由得想笑,想在草地上跳,想连连翻跟头。你的歌声是欢乐的歌声。可夜莺一唱,我就想偎在妈妈的怀抱里,我和妈妈都不知为什么会忧伤起来。"

"用自己的歌声去让听到的人产生忧伤的情绪,这太不应该了,太不好了,太愚蠢了。"斑鸫简直是嚷嚷着说。

"夜莺它心中充满忧伤吗？它是怎样一种鸟？你了解它吗？"弗莱德丽卡问道。

"说来话长了。很久以前，夜莺的嗓音也不过像是麻雀叫。它不会唱，不会吹口哨，更不会像我们鸟中歌唱家那样唱嘹亮而欢快的歌，它只会叽叽喳喳叫个不停。有一天，我的祖父把夜莺的祖父取笑了一通。夜莺的祖父好生气哟，它说：'我要是愿意呀，我也能唱得像你唱的那么好听。''那你试试呀！'我的祖父激它说。夜莺的祖父学我祖父的样，它看出了我祖父的歌声嘹亮动听，是因为吞食了阳光。夜莺也拿定主意去多吞食些阳光。一天，丽日当空，在太阳光最强那会儿，它把嘴张得大大的，吞进了许多许多阳光，结果，把自己的喉咙给烧坏了，从此失去了嗓音，连叽叽喳喳像麻雀那样叫都不能够了。"

"可为什么你祖父的嗓子就烧不坏呢？"弗莱德丽卡问道。

"你不明白？"

"我不明白。"小姑娘承认说。

"我祖父也像我现在一样，只吞食朝霞的柔光，那会儿的阳光是柔和而温暖的。要是我们也傻里傻气地去吞食强烈的阳光，我们的嗓子也一样得烧坏。夜莺祖父的嗓子被烧哑了，可它儿子中有一个要聪明些。这个儿子想：'要是我爸爸的嗓子是让阳光烧坏的话，那么我就得用另外一种办法唱歌。'就在那天晚上，它发现天上挂着一轮明月。它开始吞食月光，天天吞食。结果，你也能想象得出，它的歌声变得甜润，唱起来悠悠扬扬的，却稍带一点儿忧伤。那种忧伤就恰似月亮——在月亮那里是看不到笑脸的。从那会儿起，太阳一落下地平线，夜莺就开始歌唱。"

"多迷人的故事啊！"弗莱德丽卡低声轻语了一句。

斑鸫忽然不说话了，因为它发现了一条小毛虫。毛虫正一个劲儿往斑鸫这边爬，一点儿也不知道斑鸫正等着它哩。

冬天冷得出奇。幸好，独眼斑鸫鸟有弗莱德丽卡照料着。小姑娘让它住进阁楼里，每天给它喂些面包屑。

严寒开始减弱，苍白的太阳慢腾腾地像久病初愈似的开始在天上露面，并且愈来愈频繁。这种变化已经有好些日子了。

那是一个阳光明媚的早晨，斑鸫鸟飞上了屋顶，放开嗓门嘹亮地唱起来。

"冬天过去了！冬天过去了！"它唱道，"春天快来了！春天快来了！"

有一天，它对弗莱德丽卡说：

"你会飞了吧？你要是想飞，我带你去一个地方，好吗？"

"到哪里去？"小姑娘问。

"去参加一个庆祝会！"斑鸫回答说，"鸟儿们都来欢庆春天的到来。对我们这些鸟中歌唱家来说，这是一个伟大的节日。"

"好吧。"弗莱德丽卡同意了，"可我唱不了你们那样的歌呀！"

"这不要紧。"斑鸫说，"你到那儿就只管看，只管听。只是你得默不作声才行，不然你会把那些歌唱家吓跑的，那样我们的庆祝会就毁了。"

"庆祝会怎么开呢？"弗莱德丽卡来了兴致。

"庆祝会开始，我们合唱《献给春天的颂歌》，"斑鸫说，"接着，每个鸟家族提出对春天到来后的愿景。再接着，给最好的愿景发奖品：太阳饼，月亮糕，长久不化的冰激凌。"

"你会获得奖品吗？"弗莱德丽卡问。

"不会。我是评审委员，"斑鸫鸟自豪地说，"大家都以我的意见为准，我说了算。"

"我们什么时候参加呢？"小姑娘问。

"快了，不用等太久了。我会来通知你的。"斑鸫说完，开始梳理自己的羽毛。

过了三天，一个风和日丽的日子，天是那样的蓝，蓝得就跟妈妈的连衣裙一样可爱。太阳明灿灿、暖融融地照耀着大地。

麻雀喜不自胜，发疯似的喳喳乱叫。

"咱们走吧，弗莱德丽卡！"

斑鸠鸟对小姑娘说。

"现在?"

"就现在。"

"我得准备一下,"弗莱德丽卡说,"再说,我还不知道我会不会飞。上一次,我只是试了试。"

"试得不是很成功吗?"斑鸠说,"至于准备嘛,也用不着,飞起来会很轻松的。不过你得闭上那只看坏事物的眼睛,不然会跌落到地面的。好啦,我想出让你顺利飞起来的办法了。"

斑鸠鸟给杨树使了个眼色,杨树就把树枝弯到了小姑娘脚边。

"抓牢杨树枝,上路!"斑鸠大声说。

弗莱德丽卡双臂一把抱住了杨树枝,杨树一挺直,小姑娘便出现在斑鸠身边了。

小姑娘和斑鸠并排使劲儿飞着。弗莱德丽卡的左眼用胶布粘着。说来也巧,这块胶布正好放在她连衣裙的口袋里。现在这只眼睛牢牢地闭上了。

不多一会儿,斑鸠和小姑娘来到成百只飞鸟中间,这些鸟都是往同一个方向飞去的。

"它们到哪里去？"弗莱德丽卡问。

"它们同我们一样，是去参加春天庆祝会的。"斑鸫回答说，"别同我说话，咱们已经到了。"

他们飞临森林上空。斑鸫指了指林中的空地说："降落。你站到那棵松树后头去，那里你看得见我们庆祝会的盛况。可千万别出声。等庆祝会完了，我就会来找你的。"

弗莱德丽卡稳稳地降落在草丛中，躲到了那棵大松树后面。

空地四周站满了鸟儿，它们兴奋地交谈着。

一些鸟不住声地啾啾着，另一些自顾自唱得起劲，根本不看周围一眼。在一棵白桦树上停落的云雀群，没完没了地啁啁着。哦，好一片喧闹的节日景象！

空地上走出来一只鹦鹉。它缓缓移步，悠悠地走上一个树墩。这短短的一瞬间，斑鸫跳到小姑娘身边。

"好好看着！"它对小姑娘说，"庆祝会马上就要开始了。"

"这是谁?"小姑娘指了指那只鹦鹉。

"这是鹦鹉呀!它是庆祝会主席团主席。"斑鸫回答说。

"怪模怪样的,恐怕它自己不会唱吧。"

"可它有绝好的听觉!"斑鸫鸟说,"再说,它的开幕词讲得比谁都好。因此没有谁不佩服它的。它有生活在人类家里的优越条件,什么话不会讲呀!"

"它不是在人的家里吗?怎么到这里来了呢?"

"很简单。每到春天,它就有一天的自由。要是今天没有它到场,我真不知道庆祝会该怎么开。"斑鸫解释说。

鹦鹉双脚定定地站着,翅膀扑扑扑拍动了三下。它那翅膀的颜色在阳光下闪着亮绿的光,这是别的鸟所没有的。

鹦鹉的翅膀拍三下,发出很难描述的声响,意思是对大家的到来表示欢迎。大家纷纷向鹦鹉靠拢,自动分成一群群一队队。斑鸫分别叫出它们的名字:"看,这是云雀。站在它们旁边的是山雀。这呢,是群鸥鸰,一个显贵的家族。再过去是红胸雀,离它们不远的是梅花雀,它们后头是夜莺,同它们相挨站着的是我们鸫鸟。看见了吧。"

"我看还有麻雀!"弗莱德丽卡说。

"真遗憾,它们也到这里来了。"斑鸫说,"它们不会少于一百只哩,到处乱站,好显示它们今天也到会了。好了,我得回到我那离鹦鹉很近的位置上去了。你躲好,从这松树后留神看,要不然,它们会发现你的。你只管看,像鱼一样默不作声!"

斑鸫一跳就跳到一群显赫的鸟儿旁边。它们都蹲在一根粗枝上,紧紧挨着鹦鹉。

"这就是主席团了?"弗莱德丽卡想。

主席团里有各种鸟。毫无疑问,它们全是最优秀的歌唱家。

鹦鹉庄重地环视了大家一眼,伸出嘴,突然猛力地往木墩子上一敲。顿时,四下里鸦雀无声。

"我的朋友们!"鹦鹉用沙哑的嗓音开始致开幕词,"我的朋友们!伟大的春天庆祝会现在开始!大家为了赞美春天,高高兴兴地在这里相聚。春天,正是它,给了我们温暖的窝巢,给了我们丰美的麦粒,给了我们多汁的樱桃,给了我们味道鲜美的毛虫,给了我们暖融融的太阳,给了我们清凉凉的河水,而对我来说,则还有木莲果!来,咱们来同声齐唱《献给春天的颂歌》。我来起个头:利亚——呀——呀——"

鹦鹉竟把"啦"发成"利亚"!这音走得多厉害啊,弗莱德丽卡差点儿憋不住笑出声来。但鸟们一个个做出根本听不出走音的样子。只有麻雀,像有谁指挥似的哗一声大笑起来。鹦鹉严厉地瞪了它们一眼,笑声陡然消失。这时,凡能唱的,都齐声唱了起来:

冬天一过春天来临,

大地在长梦中苏醒,

天空爽朗,万里无云!

树叶在春风中摇响,

我们头上照耀着

一轮明丽和煦的太阳!

云雀:田野里麦苗日日见长,

麦苗越高窝儿越温暖!

合唱:一切一切,都将实现!

山雀:春天,我们成群成群地飞翔!

蚊虫多了,我们找食很方便!

合唱:一切一切,都将实现!

红胸雀:红红的莓果长遍林野,

也长遍所有葱绿的果园!

合唱:一切一切,都将实现!

梅花雀:愿夏天雷雨不要太多,

雷雨少燕麦才会茂盛!

合唱:一切一切,都将实现!

夜莺:愿月儿夜夜高挂中天,

在寂静中我们歌声才悠扬!

合唱:一切一切,都将实现!

鹧鸟:我们希望晴天多于雨天,

太阳出来我们就高兴!

合唱:一切一切,都将实现!

鸟儿们唱罢《献给春天的颂歌》,林中空地上又恢复了寂静。大家静候在那里，等待发奖。鹦鹉咳嗽几声，正要说话，四周忽然腾起一片嚣叫声，纷乱甚至疯狂，麻雀叽叽喳喳喧闹起来。它们嚷嚷些啥，没有谁能分辨清楚。但是它们吵的那个劲儿，似乎是出了什么事，仿佛是一场灾难即将降临。受惊的云雀们立即冲向天空。山雀们把小脑袋一个个都藏到翅膀底下，闷声不响了。好斗的鸫鸟们在骚乱中呆呆地张着嘴，长一口短一口地喘气。夜莺们暗暗流泪。好奇心重的梅花雀们一只踩到另一只背上，想把发生的事情看个分明。至于鹦鹉，它似乎想象力很差，竟发愣地看着吵闹声如同暴风骤雨来临一般的麻雀们。渐渐地，麻雀们静了下来，有一只胖麻雀向着目瞪口呆的主席团成员们大声说："我们也想唱唱！"

这只胖麻雀向前走了一步，宣布说："我们哪点儿不如你们啦？我们为了这春天庆祝会也排练了！要是你们不同意我们也唱唱，我们就要把这会场闹个底儿朝天，叫你们都晕头转向，叫你们开不好这庆祝会！"

主席团成员们听了麻雀们的要求，决定让步。鹦鹉这时也回过神来，表示同意。

云雀们像雨点似的纷纷落下来。山雀们从翅膀底下伸出头来。梅花雀们纷纷落回到原来的位置上。大家都准备听听麻雀们给大家唱些什么。

那只胖胖的厚脸皮麻雀飞上树枝，所有的麻雀都把脑袋朝向它。弗莱德丽卡一直在留神看着，看到这里，她被逗乐了。这时，麻雀们齐声拉尖嗓门唱起来：

"马粪！马马粪！马马粪粪粪！"

鹦鹉一听这歌声，从木墩上一头栽了下来，滚到草丛中，歪倒在那儿，昏迷不醒。会场顿时乱作一团。所有善于歌唱的鸟儿都一下从自己的位置刷刷刷地直飞天空。霎时间，会场一片空寂。

吓得惊慌失措的弗莱德丽卡这时才回过神来，可她怎么也没办法回到自己花园那棵苹果树下去了。

斑鸫鸟在树枝上看着她。它的两眼大睁着，眼眶里噙满泪水。

"别哭！"弗莱德丽卡对它说，"你闭上那只看坏事物的眼睛，不看就是了！"

"不用了。"斑鸫鸟回答说,"今天我才明白,这个世界得用两只眼睛看才行。"

黑猫说文

谢尔盖·米哈尔科夫一生为孩子创作,是世界有名的诗人、作家。

这个耐人寻味的故事里,斑鸫鸟信奉不看丑恶事物就能生活得快活的条律,它曾经这样生活了许多时日。但是生活告诉它,不能这样看世界,而是得反过来,得随时准备看丑恶的东西。丑恶的东西,看和不看,它都在世界上存在着。这个道理斑鸫鸟是在麻雀们一片"马粪颂"的歌声中,才痛苦地明白的。有真有假,有善有恶,有美有丑,完整的世界从来都是这样的,我们只是应该努力抑恶丑扬善美而已。

夜莺为什么总是在夜间歌唱,歌声为什么总是像月光那样柔婉,柔婉里带着点儿忧伤?